著＝平坂読

イラスト＝カントク

鏑矢探偵事務所
[かぶらやたんていじむしょ]
NAME
サラ・ダ・オディン
異世界の皇女

NAME
リヴィア・ド・ウーディス
異世界の女騎士
NAME
鏑矢惣助
貧乏探偵

「なぜでしょう……。
この衣装はすごく
しっくりきます。」

キャバ嬢女騎士
[きゃばじょうおんなきし]

信長の
住まいし頃が
全盛期

ハロウィン IN 岐阜
［はろうぃん いん ぎふ］

CONTENTS

SALAD BOWL OF ECCENTRICS

SALAD BOWL OF ECCENTRICS
変人のサラダボウル
著＝平坂 読
YOMI HIRASAKA
イラスト＝カントク

NAME
鏑矢惣助 [かぶらや・そうすけ]
貧乏探偵

NAME
サラ・ダ・オディン
異世界の皇女。可愛くて賢い

NAME
リヴィア・ド・ウーディス
異世界の騎士。主人公

NAME
鈴木 [すずき]
ホームレス

NAME
プリケツ
セクキャバ嬢

NAME
愛崎ブレンダ [あいさき・ぶれんだ]
弁護士

NAME
盾山 [たてやま]
弁護士事務所の事務員

NAME
皆神望愛 [みなかみ・のあ]
宗教家

NAME
閨春花 [ねや・はるか]
大手探偵事務所の探偵

NAME
永縄友奈 [ながなわ・ゆな]
中学生

CHARACTERS

SALAD BOWL
OF
ECCENTRICS

この作品はフィクションです。
現実の人物、団体、建物、場所、法律、歴史、物理現象等とは異なる場合があります。

プロローグ

南方の辺境に端を発した反乱の炎は、瞬《またた》く間に帝国全土へと燃え広がった。

帝都は反乱軍の手によって陥落し、皇帝アウグストと皇太子フェルナンドが戦死。他の主立った皇族や重臣たちもことごとく討ち取られるか捕らえられ、四百年以上の歴史を誇るオフィム帝国の終焉《しゅうえん》は、誰の目にも明らかであった。

そんな中、からくも帝都を脱出することに成功した第七皇女サラ・ダ・オディンは、帝国軍が立てこもる城塞《じょうさい》──通称『旧魔王城』へと逃れたが、ここも既《すで》に反乱軍に攻め込まれ、落城は時間の問題である。

追い詰められたサラは最後の賭《か》けに出るべく、側近のリヴィアのみを供とし、城の隠し通路を進む。

城外への抜け道ではなく──先に抜け道から脱出しようとした城主は反乱軍に見つかって殺された──、この先にあるのは、皇族のみに伝わる《門《ポータル》》だ。

初代皇帝が作ったとされる、異世界へと続く《門》。

過去に《門》をくぐって帰ってきた者は誰もいないため、異世界とはどんな場所なのか、そもそも本当に異世界に繋《つな》がっているのかさえ定かではない。

しかしそれでも、サラが生き延びるにはそれに賭けるしかなかった。

「こっちに何かあるぞ！」

後方で叫び声、続いて大勢の足音が聞こえてきた。どうやら隠し通路が反乱軍に見つかったらしい。

「某《それがし》はここで追っ手を食い止めます。姫様は先をお急ぎください」

リヴィアが足を止め、後方を向いて言った。

「死ぬでないぞ、リヴィア」

サラは短くそう言うと、振り向くことなく走り出した。サラは帝国屈指の魔術の使い手だが、反乱軍の封魔兵器は魔術を無力化する。魔術以外はただの十三歳の子供に過ぎない身では、リヴィアの足手まといになるだけだ。

「おさらばでございます、姫様……！」

「いたぞ！　帝国兵だ！」

「クッ、逆賊どもめ！　某の名はリヴィア・ド・ウーディス！　代々帝室の守護を担《にな》いしウーディス家の誇りに懸《か》けて、この先へは誰一人行かせません！」

「帝室の守護だと!?　ではあの娘は皇族か！　絶対に逃がすな！」

「しまった！　バレた！」

（……なにをやっとるんじゃリヴィア）

忠義に篤《あつ》く腕も立つ彼女だが、ちょっと残念なところがある。

後方から聞こえてくる剣戟《けんげき》の音に顔をしかめながら、サラが息を切らして長い通路を駆け抜けると、広い空洞に出た。

そこにあったのは、門というより穴であった。

空間にぽっかりと、巨大な黒い穴が開いている。穴の中は完全な暗闇で、何も見えない。

「うーむ、コレは見るからにやばいやつ」

飛び込んだら即あの世行きという可能性も十分に考えられる。

「……ま、是非《ぜひ》に及ばずじゃ」

サラは冷や汗を浮かべながらも、口の端を強引に笑みの形に歪《ゆが》め、ゆっくり《門》へと歩いていく。

見ている者は誰もいないが、生きるか死ぬかの瀬戸際《せとぎわ》にありながらも泰然《たいぜん》としたその様は、オフィム帝国最後の皇女として恥じないものであった——。

麒麟がくる（異世界から）

10月4日　19時43分

信長《のぶなが》の　住まいし頃が　全盛期——

口の悪い地元民にそんな自虐的《じぎゃくてき》な川柳が作られてしまうような、田舎というわけではないが都会と呼ぶには物足りない、日本全国に存在するなんかパッとしない系地方都市の一つ、岐阜県岐阜市。

戦国時代に織田《おだ》信長によって地名を井口《いのくち》から「岐阜」と改められ、信長の本拠地として発展を遂《と》げたものの、歴史的にはそこがピーク。

信長が安土《あづち》に拠点を移してからは特に大きな歴史的イベントが発生することもなく。

現代では県庁所在地でありながら、天下分け目の戦場となった関ヶ原《せきがはら》、世界文化遺産である白川郷《しらかわごう》、日本三名泉の下呂《げろ》、日本三大盆踊りの郡上《ぐじょう》、最高気温日本一の多治見《たじみ》、刀剣ブームで脚光を浴びた関《せき》、名作アニメの舞台となった飛騨高山《ひだたかやま》、大垣《おおがき》、美濃加茂《みのかも》などに存在感で負け、大都会名古屋市の属領的なポジションとして細々と命脈を保っていた。

そんなパッとしない街に、これまたパッとしない一人の探偵がいる。

鏑矢惣助《かぶらやそうすけ》、二十九歳、独身、恋人なし。

体格は中肉中背。よく見ればそれなりに整った顔立ちだが、これといった特徴もなく目立たない容姿——しかしこれは決して欠点ではなく、むしろ長所と言える。探偵という職業において、「目立たないこと」は何よりも重要なのだから。実際、かつて大手探偵事務所に所属していた頃の惣助は、若手のエースとして活躍していた。

既製品のジャケットとスラックスに身を包み、ビジネスバッグを肩に掛け片手でスマホをいじる惣助の姿は、日本の大抵の場所において背景の一部として埋没《まいぼつ》し、誰かに見咎《みとが》められることはないだろう。

人気《ひとけ》のない夜の路地裏。スマホを手に電柱の陰に立つ惣助。

しかしその視線の見据える先はスマホの画面ではなく、二十メートルほど離れたところを歩く一人の男である。

惣助は現在、彼の尾行をしているのだ。

男の名は竹本幸司《たけもとこうじ》、四十二歳、会社員。妻と二人の子供がいる。

依頼人は彼の妻。

依頼内容は、夫が不倫しているかどうかを調査し、クロであればその決定的証拠——つまり不倫相手とのキスシーンや一緒にホテルに入っていく写真や動画など——を押さえること。

依頼人曰《いわ》く、ここ数ヶ月で急に残業や接待ということで夫の帰りが遅くなる日が増え、家でスマホを手放さなくなり、電話がかかってくると家族に聞こえない場所に移動するようになるなど、これまでと違う行動が増えた。二週間ほど前、依頼人とも面識のあった夫の同僚に話を聞いてみたところ、以前と比べて急に仕事が忙しくなったという事実もない——。

惣助の経験上、「不倫ではないか」という依頼人の疑念はおそらく正しい。

帰りが遅くなったりスマホを手放さなくなるのは、不倫をしている人間の典型的な行動パターンなのだ。

そんなわけで依頼を引き受け、会社から出てきた竹本を尾行すること、今日で四日目。

これまではバスでまっすぐ自宅に帰っていた竹本が、今日はいつもと違う停留所で降りた。近くの銀行のＡＴＭで現金を下ろし、喫茶店で小一時間ほど時間を潰《つぶ》したあと、家とも会社とも違う方向に向かうバスに乗り込み、十五分ほどで下車。足早に、人目を避けるように薄暗い道を進んでいく。

おそらく、これから不倫相手との密会なのだろう。

（いよいよだ……できれば今夜中にキメたいところだが……）

はやる気持ちを抑え、惣助はつかず離れずの距離を保ちながら慎重に竹本のあとを追う。このあたりは脇道が多く、油断すると見失ってしまいそうになるが、近づきすぎてターゲットに気づかれたら元も子もない。

前を歩く竹本が横道に曲がった。

惣助《そうすけ》が彼を追うべく静かに走り出そうと前のめりになった、まさにその瞬間。

どんっ――と、突如《とつじょ》背中にすごい衝撃が走り、「ぐげっ!?」惣助の身体はアスファルトの地面に叩《たた》きつけられた。

咄嗟《とっさ》に手をついてどうにか顔面から激突するのは避けられたものの、かなり痛い。

（い、いったい何が……？）

倒れ伏したまま、混乱する脳をどうにか落ち着けようと努力する惣助。背中にはまだ何か重いものが乗っている。

何かが急に空から降ってきて、自分の背中に激突した？　隕石《いんせき》？　いや隕石なら死んでるか。岩のような硬い感触ではなく、むしろ柔らかい。

「ほむ……ここが異世界かの」

思案する惣助の背中の上から、声がした。女――おそらくは十代くらいの少女の声だ。

……空からいきなり女の子が降ってきた？

「ラピュタかよ……」

非常識な展開に、思わず声に出してツッコむと、

「おっと、これはすまんの」

大して悪びれた様子もない軽い調子で降ってきた何者かが応え、惣助の背中の上で立ち上がる。体重が足に集中して背骨に痛みが走り、「ぐえっ」と悲鳴が漏《も》れた。

謎の人物が惣助《そうすけ》の背中から降りると、惣助も痛みをこらえて急いで立ち上がり、振り返る。

そこにいたのは、声から想像したとおり人間の女の子、ではあった。

年齢は十代前半だろうか。

天使という言葉が頭に浮かぶほど整った顔立ち。

真珠のような肌に黄金の瞳。

長い金色の髪をところどころピンクに染めており、それを二本の派手な簪《かんざし》でまとめている。

着ているのは振り袖とロリータファッションを合体させたような、これまた派手な衣装。

「……なんかのコスプレか？」

暇潰《ひまつぶ》しに漫画やアニメをよく見る惣助だが、彼女の格好のキャラに心当たりはなかった。

「こすぷれ？」

惣助の言葉に反応し、少女が小首を傾《かし》げた。

「その格好だよ。アニメかなんかのキャラか？　ハロウィンにはまだ早いぞ」

「あにめというのが何かようわからんが、この格好は妾《わらわ》のこだわりのお洒落《しゃれ》じゃ」

古風な喋《しゃべ》り方といい、ますますコスプレっぽい。

「『じゃ』ってお前……まあいいや」

惣助は嘆息し、

「で、なんなんだお前は？　電柱に登って落ちたのか？」

混乱のあまり空から降ってきたなどと思ってしまったが、冷静に考えると電柱の上か、近くの家の窓から飛び降りてきたのだろう。それでも意味不明だが。

しかし少女の答えは、

「《門》《ポータル》を抜けた先が空中だったのじゃ。下にそなたがおって助かったわい」

そう言ったあと少女は上空を見つめ、どこか遠い目をして呟《つぶや》く。

「《門》はなし、か……やはり一方通行だったようじゃの」

「あのなあ……」

惣助が苛立《いらだ》ちを浮かべると、少女は惣助に視線を戻し、

「妾はサラ・ダ・オディン。別の世界より参った。この世界のことがまったくわからぬゆえ、そなた、少し話を聞かせよ」

「別の世界って……子供の遊びに付き合ってる暇は——ああ!?」

尾行の途中だったことを思い出し、惣助は慌てて竹本《たけもと》の曲がっていった角まで走り路地の先を見るも、既《すで》に彼の姿はなかった。

「ああクソッ、見失っちまったじゃねえか……」

竹本が次に密会するのはまた三日後か、さらに先か……。

惣助は深々とため息をつき、近くの壁にもたれかかった。

と、そこへサラと名乗った少女が寄ってきて、

「どうやら暇はできたようじゃの？」

「ああそうだよ。誰かさんのせいでな——痛っ……」

声を荒げようとした瞬間、顔をしかめる惣助《そうすけ》。さっき地面に叩《たた》きつけられたせいで全身が痛い。

「はやく治療したほうがよいのではないか？　血ぃダラダラじゃぞ」

「うげっ、ほんとだ……」

特に痛みを感じる右の手のひらを見ると、地面に鋭い石でもあったのか、かなり派手に出血していた。

「けっこうザックリいってんなぁ……このへんにコンビニか薬局あるかな……」

スマホで調べようとして、自分が手にスマホを持っていないことに気づく。サラに激突されたときに落としたのだろう。

スマホを拾うためさっきの場所まで走ろうとして「うおっ」とよろめいた惣助に、サラは呆《あき》れ顔を浮かべ、

「ああもう、そんな傷だらけで動き回るでない。見とるこっちが痛くなるわい」

「誰のせいだと思ってんだ……」

「よいから、まずはさっさと傷を治せ」

「だから、そのためにスマホ拾って薬局かコンビニの場所調べて……！」

「うん……？」

苛立《いらだ》って語気を強める惣助に、サラはなぜか不思議そうな顔を浮かべたのち、

「もしや治癒《ちゆ》の魔術も使えんほど痛むんかの？」

心の底から意外そうに、サラは言った。

「魔術ってお前、いい加減に――」

「大の大人がだらしないのう……。まー不可抗力とはいえ、怪我《けが》させたのは妾《わらわ》じゃし、治してやるかの」

惣助の言葉を遮《さえぎ》ってそう言うと、サラは惣助の腕に手を当てた。

「なにを――」

疑問を最後まで口に出すよりも早く、惣助は自分の身体から痛みがすうっと消えていくのを感じて驚愕《きょうがく》する。

「え、急に痛みが、え!?　はあ!?　えええ!?」

消えるのは痛みだけではなかった。手の出血が治まり、傷口が見る間に塞《ふさ》がっていく。

ものの十秒ほどで、惣助の痛みも傷もすべて治ってしまった。

かなり深かった手のひらの傷は痕《あと》が少し残っていて、血や服の汚れはそのままだったが、そんなことを気にしている場合ではない。

「ま、こんなもんじゃろ」

サラが惣助《そうすけ》から手を離す。

「い、今なにしたんだお前!?」

「じゃから傷を治してやっただけ――」

そこでサラは真顔になり、

「……ちと確認なんじゃが、もしやこの世界では、治癒《ちゆ》魔術が珍しかったりするのかの?」

「治癒魔術どころか、魔術なんてもんはファンタジーの中にしか存在しねえよ……」

「なんと……魔術の存在しない異世界じゃと……そんなものは物語の中にしか存在せんと思っておったわ……」

ブツブツと呟《つぶや》くサラを、惣助はまじまじと見つめる。

別の世界から来た、と先ほど彼女は言った。

子供の妄想だと思いたかったが、現実に怪我《けが》が超常的な力で治るのを自分の身体で体験してしまった。

（とりあえず話を聞くだけ聞いてみるか……）

01 GIFU

１０月４日　１９時５７分

スマホを拾い、近くにあった公園に移動して水道で血や汚れを洗い流したあと、惣助はサラと並んでベンチに腰を下ろす。

「で、改めて……お前、なんなの？」

訊《たず》ねた惣助に、サラは妙にふてぶてしい顔で、

「さっきも言ったであろう。妾《わらわ》の名はサラ・ダ・オディン。この世界とは別の世界から来た」

「サラダなのかおでんなのかどっちなんだ」

とりあえずくだらないツッコミを入れた惣助に、サラは半眼になって、

「どっちでもないわい、たわけ。名前がサラ。家名がオディン。偉大な魔王に由来する貴《とうと》き家名じゃ。おでんなどと呼びおったらあっちの世界では不敬罪でしょっ引かれるぞよ」

「なにが不敬罪だ。お前は王族かなんかか」

「左様《さよう》。あっちではオフィム帝国の第七皇女をやっておった」

「はいはい。で、そんな皇女サマがなんでこの世界にやって来たんだ？」

「妾の国が反乱で滅ぼされてしまっての。妾も追い詰められ、一か八か異世界に繫《つな》がると伝わる《門《ポータル》》に飛び込んだところ、辿《たど》り着いたのがこの世界だったというわけじゃ」

（帝国、皇女、反乱軍、異世界への《門》……）

やはりファンタジー作品の話にしか聞こえなかったが、惣助の探偵としての観察眼が、彼女は作り話をしているのではないと告げていた。とはいえ、

「そもそも、本当に異世界の人間だったらなんで言葉が通じてるんだ？」

「ほむ、それはたしかに不思議じゃの。妾《わらわ》は普通に喋《しゃべ》っておるだけなんじゃが……《門》《ポータル》をくぐると自動的に翻訳の魔術が付与される仕様でもあったのかの」

「なんだそのご都合主義……」

呆《あき》れる惣助《そうすけ》に、サラは「都合がよいならよいではないか」と軽く笑った。

「……つーかお前、国が滅ぼされたって割には、随分《ずいぶん》あっさりしてるな」

「まー妾が生まれるずっと前から国内はガタガタの状態じゃったし、にもかかわらず皇族や重臣どもは権力争いに明け暮れて、近いうちに崩壊するのは目に見えておったからの」

子供らしからぬ達観した物言いのあと、

「それより、大事なのはこれからじゃ。まずはこの世界のことを聞かせよ」

「この世界のことって言われてもなあ――」

探偵に必要なスキルとして話術にはそれなりに通じているものの、異世界ファンタジーの住人に自分の住む世界のことを教えるケースはまったくの想定外だ。

惣助はとりあえず、ここは地球という星の日本という国で、政治体制は立憲君主制であること、世界的に見れば比較的平和な国であること、そして魔法や超能力など超常現象の類《たぐい》は基本的にフィクションの中だけの存在であることなどをサラに話して聞かせた。

「なるほどのー。人間が魔術を使えぬ代わりに、科学や医療技術はこっちの世界のほうが発展しておるようじゃの」

興味深そうに言ったサラに惣助は、

「そりゃまあ、一瞬で怪我《けが》を治すような魔法があったら、医学なんて発展せんわな」

「魔術も万能というわけではないがの。先ほどのアレは人間がもともと備えておる回復力を増幅させるという初歩的な術じゃから、重傷や重病患者には効かぬ。より高度な治癒《ちゆ》魔術もあるが、使える者は少ない」

「そうなのか」

「うむ。とはいえそなたの言うとおり、大抵の病気や怪我が医者の手を借りずとも治せるゆえに医学の進歩が遅かったのは間違いなかろう」

惣助は小さく嘆息する。

「魔術ねえ……俺は未《いま》だに半信半疑なんだが、治療以外にもなにかできるのか？」

「当然じゃとも」とサラは頷《うなず》き、

「なんならちょっと見せてやってもよいぞ？」

「おー、じゃあ頼む」

軽い調子で惣助が頷くと、サラは立ち上がり右手を前にかざした。

「ふんす」

気の抜けるような可愛《かわい》い掛け声と同時に、公園に轟音《ごうおん》が響き渡り、惣助たちの座るベンチの前方にあったジャングルジムが木っ端微塵《こっぱみじん》に爆発し、地面に半径五メートルほどのクレーターができた。

「んがッ!?」

言葉を失いあんぐりと口を開ける惣助《そうすけ》に、サラは少し得意げに、

「今のが妾《わらわ》の最も得意とする攻撃魔術じゃ。速度、精度、威力とも、帝国で妾の右に出る使い手はおらんかった」

「あ、あ、あ……」

「ちなみにもっと広範囲を爆破することもできるぞよ。やってみせようか?」

「やるなバカッ!」

必死で声を振り絞って惣助は叫んだ。

「なんてことしてんだお前は!?」

「そなたが見せろと言ったんじゃが」

「だからっていきなりジャングルジムを爆破するやつがあるか!」

「むー」

不満そうに唇を尖《とが》らせるサラに、

「と、とにかく急いでここを離れるぞ! すぐに人が集まってくる。下手したらテロリスト扱いだ……!」

「む、それは困る。もっとも、兵士の十人や二十人程度、一瞬で蹴散《けち》らしてやるがの」

「蹴散らすな！　この国で生きていきたいならファンタジー仕様の倫理観やめろ！」

全力でツッコみ、惣助はサラの手を引き公園から逃げ出したのだった。

１０月４日　２１時１４分

通りかかったタクシーを拾い、惣助がサラを連れてやって来たのは、古い二階建ての建物だった。

一階には『カラオケ喫茶らいてう』、二階には『鏑矢《かぶらや》探偵事務所』という看板が出ている。

「ハァ……金欠なのにタクシー使っちまった……」

深々とため息をつく惣助。普段は仕事以外でタクシーには乗らないことにしているのだが、なるべく人に見られず急いであの場から離れるためにはやむを得なかった。

「で、ここはどこなのじゃ？」

ビルを見上げながらサラが訊《たず》ねる。

「俺の事務所兼自宅だ」

「ほう。そなたはなんの仕事をしておるのじゃ？」

「なにを今さら──」

　言いかけて、そういえば自分がサラに名前すら名乗っていないことに気づいた。

「あー、今さらだが、俺の名前は鏑矢《かぶらや》惣助《そうすけ》。二十九歳。探偵だ」

「たんてい？」

「なんていうか……人捜しとか身辺調査とか、いろいろやる仕事だよ」

「忍びのようなものかの？」

「シノビ？　ああ、忍者か……いや忍者とは違うが、似たような仕事ではあるな……。つーかなんでファンタジーの住人が忍者知ってんだ」

　忍びという呼び名ではないにせよ、諜報《ちょうほう》活動などを行う職業は世界中──それこそ異世界にもあるだろうし、サラの言葉が勝手に「忍び」という日本語に翻訳されたのかもしれない。

　考えながら惣助は階段を上がり、事務所の中へとサラを案内する。もともとは下の喫茶店のオーナーが住居として使っていた部屋のため、間取りは普通の１ＬＤＫであまりオフィスという感じはなく、バスルームやキッチン、ベランダもある。

　玄関で靴を脱いでスリッパに履き替え、廊下を歩いてリビング兼事務所に入る。

　十畳ほどのリビングがスチール棚によって二つに区切られ、片側が木製の仕事机にソファとローテーブルが置かれた事務所スペース。キッチンのあるもう片側は、座卓やテレビ、本棚などが置かれた私生活スペースになっている。

事務所スペースの壁には、探偵業届出証明書の原本が額に入れて飾られている。探偵業法により、営業所の見やすい場所にこの書面を掲示することが義務づけられているのだ。

リビング・ダイニングキッチンの他にはもう一部屋、六畳の和室があり、そちらは寝室となっている。

ＪＲ岐阜駅から徒歩で約三十分、築四十七年、家賃四万円。この部屋が、探偵・鏑矢惣助の城であった。

「狭っ！　ボロッ！　汚っ！」

惣助の城を、異世界の姫は開口一番言葉の刃でぶった斬った。

「そ、そこまで酷《ひど》い部屋じゃ――」

ねえだろ！　と言いかけて、惣助は口をつぐむ。

たしかに一つの部屋に業務用と居住用の備品や家具を詰め込んであるので窮《きゅう》屈《くつ》な印象があることは否めないし、古い建物なので外観もそれ相応だし歩くと床がミシミシ軋《きし》むのでボロいことは否めないし、ここ数日は掃除をしてなくて埃《ほこり》が目立つし机の上も片付いているとは言い難《がた》く汚いという評価は否めないが――

「……狭くてボロくて汚くて悪かったな」

否めなすぎて不貞腐《ふてくさ》れた顔で言う惣助に、サラは微苦笑を浮かべ、

「ま、それでも野宿よりはマシじゃな。ではしばらく厄介《やっかい》になるぞよ」

「厄介《やっかい》になるって、まさかここに居座る気か!?」

「他に行くアテもないしの」

サラは当然のようにそう言った。

「おいおい……」

「なんじゃ、そのために連れてきてくれたのではなかったのか？」

「お前をあそこに置いていったら集まってきた野次馬とか警官とトラブル起こしそうだったから、仕方なく連れてきただけだ」

とはいえ、今から外に放り出すというのも寝覚めが悪い。

一般常識的には警察や児童養護施設などに任せるのが筋なのだろうが、サラは普通の家出少女とかではなく火力と倫理観がファンタジー仕様の異世界人だ。どんな問題が起きるか想像もつかない。

ふと窓の外を見ると、いつの間にか雨が降り始めていた。

(今日はここに泊めるしかないか……？)

「ま、そなたが迷惑と言うなら出て行ってもよいのじゃが」

悩んでいる惣助《そうすけ》に、サラはあっさりと言った。

「え、いいのか？」

驚く惣助に「うむ」と小さく頷《うなず》いたあと、

「まあその場合、そなたの記憶を消させてもらうがの」

「記憶を消す!?」

「魔術のことや妾《わらわ》の素性《すじよう》をこの国の情報機関やら学者やらに知られると、面倒なことになりそうじゃからの。最悪、研究のための実験動物にされるやもしれんし」

「たしかに超能力モノとかでそういうシーンよくあるけど……」

現実でそんな非人道的なことが行われるはずがない……と思いたい。

「じゃから妾の正体を知るそなたの記憶は、念のため消しておくというわけじゃ」

「念のためで記憶消されてたまるか！　心配しなくても、言いふらしたりなんかしねえよ。

……ちなみに、お前のことだけ綺麗さっぱり忘れる魔法みたいなのがあるのか？」

サラとの記憶を忘れて全部なかったことにできるのなら、それはそれでアリではと思って訊《たず》ねると、

「記憶消去の術はそこまで都合のいいものではない。普通に数週間から数年分の記憶が全部吹っ飛ぶし、下手すると廃人になる可能性もあるのう」

「物騒すぎるわ！」

「ちなみに妾、その術は知識として知っておるだけで一度も試したことがないゆえ、上手《うま》くやる自信はまったくない」

「廃人コース確定じゃねえか！」

「うむ。で、どうする？　妾《わらわ》のこと追い出しちゃう？」

どこかからかうように問うサラに、惣助《そうすけ》は頬を引きつらせる。

どうするもこうするも、完全に脅迫《きょうはく》だった。

（やっぱりこいつの倫理観はファンタジーだ……死ぬほど関わりたくないが、野放しにしたら絶対ろくなことにならねえ……）

「……新しい居《い》候《そうろう》先《さき》が見つかって、お前がこっちの世界の常識を覚えてクソファンタジーの倫理観を捨ててくれるまで、ここにいてくださいお願いします」

呻《うめ》くように言葉を絞り出した惣助に、サラは「うむ。世話になる」と鷹揚《おうよう》に頷《うなず》いた。

こうして、異世界の皇女サラ・ダ・オディンは、探偵・鏑矢《かぶらや》惣助の家に転がり込むことになったのだった。

10月5日　7時5分

「妾の名はサラ・オディン。十三歳。スウェーデン領オーランド島から来た留学生。留学の目的は見聞を広めるため。あちらの高校を飛び級で卒業済みで、幼い頃から日本の文化に憧れており、日本語はペラペラじゃが、主にアニメで覚えたので喋《しゃべ》り方が多少変なところもある。

ホームステイ先の家が火事で全焼してしまったため、その家族と古くから付き合いのあった鏑矢惣助のところで急遽《きゅうきょ》世話になることになった。両親は妾の留学に合わせて世界一周旅行に出かけてしまったため、母国に戻ることはできぬ。……これでよいかの？」

「ああ。知り合いにはどうにかそれで通そう」

昨夜二人して考えた設定をすらすらと暗唱してみせるサラに、惣助は私生活スペースの座卓に朝食を並べながら頷いた。

現在のサラの格好は、下着に惣助のワイシャツのみ。下着はコンビニで買えたが、急いで服も調達しなくてはならない。

昨日サラが着ていた服は素人目《しろうとめ》にも上物と判《わか》る品で、安物の洗濯機で丸洗いするわけにもいかなかったので今日クリーニングに出す予定だ。ここでもさらに出費が嵩《かさ》む。

それから新しい寝具も買わねばならない。昨日はサラを布団で寝かせ、惣助は毛布一枚で寝たが、やはり寒かった。ちなみに寝たのは同じ部屋である。サラは気にしないようだったし、惣助も自分の半分以下の年齢の子供に劣情など抱かない。まあ、仮に惣助がロリコンだったとしても、サラを襲おうものなら返り討ちにされるだけだろうが。

（食事代も単純計算で二倍になるし水道光熱費も増えるし……）

軽く頭痛を覚えながらテレビをつけると、

『昨日、岐阜県岐阜市の公園で原因不明の爆発がありました』

アナウンサーの声とともに現場の映像が映し出された。

(公園!? 爆発!?)

ギョッとして画面に集中する惣助《そうすけ》。

案の定、映っていたのは昨夜サラがジャングルジムを爆破した公園だった。

『昨夜午後八時頃、爆発のような大きな音がしたという通報で警察が駆けつけると、公園の地面に半径五メートル、深さ三メートル近い大きな穴が開いており――』

公園の周囲に立入禁止のテープが貼られ、警察が昨夜サラの作り出したクレーターを調査しており、公園の外には報道関係者や野次馬が集まっている。

「おー、けっこうな騒ぎになっとるのー」

暢気《のんき》な声でサラが言った。

「なに他人事《ひとごと》みたいに言ってんだ犯人のくせに」

幸い、爆発物の痕跡《こんせき》などが見つかっていないため警察ではガス管の爆発か何かという見方が強いらしく、現場から逃げ去る惣助とサラの目撃情報などは報道されなかった。

少しホッとしつつ、惣助は朝食に箸《はし》をつける。ご飯に納豆、目玉焼き。惣助にとって平均的な朝食である。

「……むーん、しかしアレじゃの」

器用に箸を使いこなして納豆かけご飯を食べながら、サラが口を開いた。

「昨夜のカップラーメンとかいうのといい、こっちの世界の食事は正直イマイチじゃの。不味《まず》くはないんじゃが、どうも侘《わび》しい」

「うちの食卓をこの世界の食事を測る物差しにするな。日本の平均的な家庭は大抵もっといいもん食ってる」

「そうなのか？　では妾《わらわ》ももっといいもんが食べたいぞよ」

「悪いが諦《あきら》めてくれ」

「なぜじゃ？」

「金がない」

サラから目を逸《そ》らし、惣助は小声でボソリと答えた。

「うーむ、きわめて簡潔で明瞭《めいりょう》な回答。見事であるぞ」

「お褒《ほ》めにあずかり恐悦至極《きょうえつしごく》」

「うむ……」

サラは目玉焼きを一口食べ、

「探偵というのはそんなに儲《もう》からん仕事なのかや？」

「ピンキリだが、一般的な探偵の年収はサラリーマンの平均より高い。東京の大手事務所ともなれば、億とか稼いでるところもあるらしい」

「ほう」

「でもうちは貧乏」

「なぜじゃ」

「一人だから」

惣助《そうすけ》はつらつらと説明する。

「探偵事務所ってのは基本的に何人もの探偵が在籍してて、複数の依頼を並行してこなしたり、チームを組んで仕事に当たるんだ。でもうちは俺一人だから、受けられる仕事の数に限りがあるし、一つの仕事にも時間がかかる。仕事が少ないから収入も少ない。収入が少ないから人を雇えない。人を雇えないから事務所はいつまでも俺一人。俺一人だから以下無限ループ。あえてそんな貧乏事務所に依頼したがる物好きもいないから、客を呼ぶために料金設定を他よりかなり安くしてるんだが、おかげで仕事をこなしても儲《もう》け自体が少ないってのもある」

「ほむ……」

サラは神妙な面持ちで小首を傾《かし》げ、

「妾《わらわ》が思うに」

「ああ」

「そなたもう詰んどるのでは?」

「つ、詰んではねえよ……まだ……」

「まだ、の」

惣助はそこで苦笑いを浮かべ、

「一応多少の貯金はあるし、何人かお得意さんがいるおかげで、節約しながら暮らしていく分には困らないくらいの収入はある。だが贅沢《ぜいたく》はさせてやれん。悪いけどな」

「世知辛《せちがら》いのう……」

我ながら情けないと思いながら言った惣助に、サラは物悲しげにため息をついた。

１０月１１日　１６時２３分

サラが日本にやってきてから一週間が過ぎた。

昼間はサラに日本での暮らし方をレクチャーしたり日用品の買い出しに行き、夕方からは会社帰りの竹本幸司《たけもとこうじ》を尾行する。しかしあの夜以来、竹本が不倫相手と会う様子はなく、尾行は空振りが続いている。

サラはというと、あっという間にこっちの生活に馴染《なじ》んだ。

冷凍食品をチンして食べ、漫画を読みテレビゲームで遊び、交通系ＩＣカードを使ってコンビニで買い物をし、惣助のお古のスマホで動画やニュースサイトを見る。外出中の惣助との連絡もスマホで行っている。

「順応が早いにもほどがあんだろ……」

事務所のソファに寝転んで名探偵コナンを読んでいるサラに、惣助《そうすけ》は呆《あき》れ半分感心半分の視線を向けた。

サラの服装は、ガーリーな感じのシャツに短めのプリーツスカート。惣助が買ったものではなく、下の喫茶店で働いている女子大生が昔着ていたものを譲ってもらった。髪だけは出会ったときと同じく簪《かんざし》でツインにしている。

「妾《わらわ》は昔から新しいもの大好きじゃからの。こっちの世界は娯楽が多くて実に楽しい。食事の侘《わび》しさだけは未《いま》だに慣れんがの」

「……仕事が上手《うま》くいって成功報酬《ほうしゅう》が入ったら、なんか美味《うま》いもんでも食うか」

するとサラは目を輝かせて惣助を見た。

「まことか!?」

「あ、ああ」

「それはいつ頃になりそうなのじゃ?」

「……わからん」

惣助が正直に答えると、

「なんなら妾が手伝ってやってもよいぞよ?」

「爆破魔法が尾行の役に立つか」

鼻で笑う惣助に、サラは少しムッとした顔で、

「妾が使えるのは治癒《ちゆ》と攻撃魔術だけではない。そうじゃな、たとえば……姿を消す術とか空を飛ぶ術とかどうじゃ？」

「マジで!?　そんなのもあるのか!?」

「うむ」

たしかにそんな術があれば、尾行に役立つどころではない。だが、

「……いや、でもやっぱり駄目だ」

「なぜじゃ？」

「子供に浮気調査の手伝いなんてさせられるか」

するとサラは驚いたように目を少し大きく開いた。

「……それは妾の情操教育的なことを気遣っておるのか？」

「まあ、そういうことだ」

「ならば気にすることはない。宮中でドロドロした争いは見慣れておるし、そもそも妾も側室の子じゃからの」

「側室……」

たしか愛人と同じような意味だった気がする。昔の日本でも、権力者や金持ちが正妻のほかに何人も愛人を持つのはごく当たり前のことだった。

とはいえ、ここは現代日本だ。家の存続のために子供を作ることが最重要の責務で、恋や愛など二の次とされた時代や世界とは違う。現代社会の倫理に反するものを、子供に見せたくはない。

「それでも、駄目なものは駄目だ」

「頑固者じゃのう」

サラは小さく嘆息し、

「ちゅうか、そなたは浮気調査以外の仕事はやらんのか？　コナン君のように殺人事件をバシッと解決したりとか」

「ねえよ。つーか、難事件の謎を解く探偵なんて、現実には存在しない」

「なぬ!?　それはまことか!?」

「まことだ。そもそも密室殺人やら連続殺人自体が滅多に起きないし、たとえそんな事件に遭遇したとしても、警察と一緒に捜査なんてさせてもらえない。……現実の探偵は、事件を解決するヒーローなんかじゃねえんだよ」

「むーん……せっかく探偵ってかっこいいのーと思っておったのに……」

本気で落胆している様子のサラに苦笑し、惣助《そうすけ》は今日も事務所から尾行対象の竹本《たけもと》の会社へと向かう。

コナン君や金田一《きんだいち》少年のような名探偵《ヒーロー》に憧れていた時期が、自分にもあったことを思い出しながら。

10月11日　18時7分

いつものように、竹本幸司《こうじ》は会社から出てきた。

いつものように、惣助はバスに乗り込んだ竹本と同じバスに乗り、少し離れた席に座る。

あくまで見た目の印象では、竹本は少し気弱そうな印象を受ける普通のサラリーマンで、不倫なんてしそうな感じはしない。しかし見た目の印象など何の意味もないことを、惣助は探偵の仕事を通してよく知っている。

善良な一般市民のような顔をしている人間が、裏でえげつない行為をしているのを何度も見てきた。

不倫、浮気、不正、背信、いじめ、ハラスメント、暴力、援助交際、ストーカー、性犯罪、ドラッグ——この仕事をやっていると、世の中の暗くて汚い部分を否応《いやおう》なく見せられることになる。

手伝いを申し出てくれたサラには悪いが……やはり子供が関わるようなものじゃない、現実の探偵の仕事なんて。

そんなことを考えていると、バスが停車して、竹本《たけもと》が席を立った。

いつもの停留所ではなく、一週間前に降りたのと同じ停留所だ。

（これは……！）

降りるのは竹本一人だけだったため、惣助《そうすけ》は竹本に注目されないように彼がバスを降りたあとで席から立ち、「あっ、すいませーん、僕も降りまーす」と運転手に頭を下げながらバスを降りる。

それからの竹本の行動は、先日と同じだった。

ＡＴＭで現金を下ろし、喫茶店で時間を潰《つぶ》し、バスに十五分ほど乗ったところで降り、人気《ひとけ》のない道を進んでいく。

前回サラが落ちてきたことで尾行が中断されてしまった場所を過ぎ、さらに竹本のあとを追いかけていく。

人通りはどんどん少なくなり、周囲の建物や街灯の明かりも減っていく。

（妙だな……）

惣助の頭に疑念が浮かぶ。

いくら不倫で人目を忍ぶ必要があるとはいっても、このあたりは住宅街からも歓楽街からも離れており、イチャコラするのに適した雰囲気ではない。

（不倫相手がこのあたりに住んでるって線もあるが、もしかしたらこれは――）

果たして竹本がやってきたのは、郊外の古い倉庫だった。入り口の近くには車が二台とバイクが三台駐《と》めてある。

竹本が倉庫の中に入ったあと、惣助は慎重に入り口から中の様子を窺《うかが》う。

中には十人ほどのガラの悪そうな若い男たちがいて、竹本の姿を見るとニヤニヤと笑みを浮かべた。男たちの年齢は、十代後半から二十歳前後といったところだろう。

（やっぱりそういうことか……）

依頼人の話を聞いたときは十中八九不倫だろうと思ったが、どうやら今回は残りの一、二に当たるケース――つまりなんらかの事件に巻き込まれている――だったらしい。

話は遠くてよく聞こえないが、竹本が鞄《かばん》から現金の入った紙袋を渡し、男の一人がそれを受け取ってゲラゲラと笑う。

（あいつらになんかの弱みを握られて、定期的に金を毟《むし》り取られてる――そんなところか）

竹本が金を渡し、若い男が紙袋から札束を取り出すまでを、惣助はきっちりスマホで動画撮影していた。

最近は――というか惣助が探偵になった時には既《すで》に、証拠の撮影にスマホを使うのは当たり前になっていた。一昔前のデジカメやビデオカメラよりも高性能だし、なにより大抵の場所で持っていても怪しまれない。カメラ以外にも役立つアプリが多数あり、スマホの登場で探偵の仕事は大きく変わった。

(さて、どうする……？)

撮った写真や動画を確認しながら、惣助《そうすけ》は思案する。

夫が不倫しているかどうかを調べ、クロだった場合、その証拠を押さえてほしい——それが今回の依頼内容だ。

『不倫はしていなかったが、半グレだか不良グループだかに恐喝《きょうかつ》を受けていた』

依頼主にこの調査結果を報告し、あとは夫婦で話し合って、警察に頼るなりなんなりしてもらう——これで今回の仕事は終わりだ。

真相の解明も、事態の解決も、探偵の役目ではないのだから。

惣助がそっと踵《きびす》を返し、ここから離れようとしたそのとき。

「お願いします！　もう今回で終わりにしてください！」

竹本《たけもと》が土下座《どげざ》して懇願《こんがん》する声が倉庫に響いた。

男たちはそんな竹本に嘲笑《ちょうしょう》を浴びせたあと、一人が竹本の腹を蹴飛《けと》ばした。床を転がる竹本の姿に、またも笑い声が上がる。

「お願いします……もう許してください……」

泣きながらなおも懇願する竹本に、さらに蹴りが浴びせられる。

……これは警察に通報するべきだろうか。

一応、暴行の証拠として動画も撮っておく。

そうこうしている間にも暴行はどんどんエスカレートし、竹本の悲鳴が次第に弱々しいものになっていった。

（おいおい、下手したら死ぬぞ）

惣助の頬に冷や汗が伝う。

とりあえずこの場を離れ、急いで警察に通報しよう。警察が駆けつけるまでに間に合うかが不安だが、それは仕方ない――


『せっかく探偵ってかっこいいのーと思っておったのに……』


不意に、サラの言葉が脳裏に甦《よみがえ》った。

次の瞬間には、惣助は倉庫の中に足を踏み入れていた。

（なにやってるんだ俺は……！）

どうしてこんな、自分から危険に飛び込むような真似《まね》を。仕事でもないのに。

魔が差した――そうとしか言いようがない。けれど不思議と後悔はなく、どこか晴れやかなものさえ感じていた。

「ああ!?　ンじゃテメエ!?」

惣助に気づき、男たちが一斉に視線を向ける。

緊張と恐怖で心臓が早鐘を打つ。

「ああ、その、怪しい者じゃなくて、うんこがしたくて人気《ひとけ》のない場所を探してただけなんですけども、なんていうか、暴力はやめたほうがいいんじゃないですかね……？　それ以上やるとその人、死んじゃうかもしれませんし……」

なるべく穏やかな口ぶりで話しかける惣助《そうすけ》だったが、

「知るかタコ！　テメーもボコるぞ」

「いやー、それはやめたほうが。というか、早くここから離れたほうがいいんじゃないでしょうか。さっき警察に通報しちゃいましたし」

警察と聞いて逃げてくれることを期待したのだが、惣助のブラフは逆に彼らを怒らせてしまった。

「テメエざっけんなよ！」

「おい、コイツもやっちまうぞ！」

男たちが一斉ににじり寄ってくる。中には手にバットや鉄パイプを持っている者もいた。

「ま、まあまあ落ち着いて……」

後ずさりながら言う惣助に、バットを持った一人が叫びながら襲いかかってきた。

反射的に目を瞑《つぶ》りそうになるのをこらえ、惣助は男の動きをよく見て攻撃を躱《かわ》そうとする。

次の瞬間惣助の目に映ったのは、「ぐわっ!?」悲鳴を上げて吹っ飛ぶ男の姿だった。

「は⁉」

突然起きた予想外の出来事に、惣助も男たちも一様に驚愕《きょうがく》の表情を浮かべる。

さらに続けて強烈な突風が発生し、今度は三人の男がまとめて吹っ飛んで地面に叩《たた》きつけられた。

「な、なにしやがった！」

男の一人が惣助に向かって叫ぶ。

「いや、俺は何も――」

そこでハッとなり、惣助は後ろを振り返る。

倉庫の入り口に立っていたのは、惣助の予想どおりの人物だった。

格好は初めて会ったときと同じ、フリフリでヒラヒラの派手な服。

「サラ⁉」

「加勢するぞよ、惣助」

こともなげにそう言って、異世界の皇女サラ・ダ・オディンがゆっくりと惣助のほうへ歩いてくる。

「なんでお前ここに……」

訊《たず》ねると、サラは悪戯《いたずら》っぽい笑みを浮かべ、

「そなたを尾行しておったのじゃ」

「なに!?」

「くくく、まさか尾行しておる自分も尾行されておるとは思わんかったじゃろ」

「う……」

サラの言葉に、惣助《そうすけ》は苦い表情を浮かべた。

「おい！　なんなんだテメエは！」

男の一人がサラに怒鳴ると、

「なに、名乗るほどの者ではない。通りすがりの名探偵じゃよ」

「め、名探偵？」

「左様《さよう》。見た目は美少女、頭脳は天才、そして火力は大魔王。人呼んで名探偵サラとは妾《わらわ》のことじゃ」

「名乗ってるし誰も呼んでねえし名探偵が火力を誇るな」

思わずツッコんでしまった惣助に、サラは微笑を浮かべ、

「そなた、現実の探偵はヒーローなどではないとゆうたな？　それなら妾がなればよいと気づいたのじゃ。事件をサクッと解決する、物語の主人公のような名探偵に」

「そう簡単になれたら苦労しねえよ」

「ま、そうじゃのー。まずは警察が解決できんような難事件に巻き込まれるところから始めねばならんからのー。トリックなんぞ考えられそうもないチンピラをいくら倒したところで、経

験値にすらなるまい」

サラが男たちを見て「やれやれ」とため息をつく。それに逆上した男が、

「ッソガキ！　死ねやコラァッ！」

叫びながら殴りかかってきた男に、惣助はゆるやかな足運びで近づき、足を引っかけて相手のバランスを崩し、そのまま腕をとって男の突進の勢いを利用して投げ飛ばした。

「おおっ⁉」

サラが目を丸くして歓声を上げる。

「今のはなんじゃ⁉　なんかふわってなっとったぞよ⁉　ハハーン、さてはシャーロック・ホームズが使ったという伝説の探偵格闘術、バリツじゃな⁉」

「いや、システマ」

刃物や銃を持った相手、複数の人間相手など、様々な戦闘状況を切り抜けることを想定した、ロシア発祥の実戦的な格闘術で、合気道などと同様、無駄な力を使わない合理的な動きによって、体格や筋力の差に関係なく相手を制すことを旨《むね》とする。軍隊・警察用のガチな戦闘術は非公開だが、護身用に整備されたプログラムは一般人でも習うことができ、惣助も荒事に巻き込まれたときに備えて習った。

「つーか、なんでバリツ知ってるんだ。うちにホームズの小説なんてあったか？」

「Ｗｉｋｉで見た」

「ネット使いこなしてんなー……」

「ナメんじゃねえぞコラァッ！」

バットで殴りかかってきた相手の攻撃を避け、腕を極《き》め、バットを落とした相手に足払いをかける。

「……もしや妾《わらわ》の加勢はいらんかったかの？」

地面に倒れ伏す男を見ながら訊《たず》ねたサラに、

「いや、さすがにこの人数はヤバかった。正直助かった」

「さよか」

正直に答えた惣助《そうすけ》に、サラは少し照れたようにはにかみながら、立ち上がって再び殴りかかってきた男を魔術で吹っ飛ばした。

「な、なんなんだよぉテメェは……！　なにしやがったんだ……!?」

怯《おび》えの混じった視線をサラに向ける男たちに、サラは少し考え、

「今のは中国拳法じゃ。妾ほどの達人になると、《気》だけで離れた相手を吹っ飛ばすことなど造作もない」

そう言ってカンフーのような構えをとるサラ。

……一応彼女なりに、魔術のことを隠そうという意思はあるらしい。

そんなことで誤魔化《ごまか》せるわけがないと思いきや、

「け、拳法の達人だと!?」「気功ってやつか!?」「チクショウ、道理で……！」

男たちはサラの言葉を鵜呑《うの》みにしたらしい。

（こいつらがバカで助かったな）

無論、助かったのは男たちである。サラの力が正真正銘のファンタジー現象であることを知られたら、記憶消去魔術とやらを使わなくてはならなかった。

ビビっている様子の男たちに、惣助はゆっくりと話しかける。

「これ以上痛い目に遭いたくなければ、もうこんなことはやめろ」

「う、うるせえ！　おい、一斉にかかるぞ！」

男たちが惣助とサラの周囲を取り囲む。

「往生際《おうじょうぎわ》が悪いのう」

「一応言っとくが、手加減しろよ」

どこか楽しげなサラに念押しすると、

「わかっておる。名探偵は人殺しなどせぬのじゃ」

余裕を崩さない二人に、男たちは叫び声を上げながら一斉に襲いかかってきた――。

１０月１１日　１９時５１分

惣助《そうすけ》とサラが男たち全員を地面に這《は》い蹲《つくば》らせるまで、三分とかからなかった。

彼らをロープやベルトで縛《しば》りつけて動けなくしたあと、事態についていけず呆然《ぼうぜん》としていた竹本幸司《たけもとこうじ》に声をかける。

「大丈夫ですか、竹本さん」

「は、はい。えっ、なんで私の名前を……」

「私は奥さんに頼まれてあなたを調べていた探偵です」

惣助が正直に自分の正体を打ち明けると、竹本もこんなことになった経緯を話した。

三ヶ月ほど前、竹本が通勤中バスに乗っていたら車体が揺れ、近くに立っていた若い女が寄りかかってきた。そのあとバスを降りると、いきなり男たちに囲まれ、彼らの連れの女に痴漢をしただろうと因縁《いんねん》をつけられた。身に覚えがないと言う竹本に彼らは、竹本がバスの中で女に抱きついて尻を触っているように見える写真を見せてきて、会社にこの写真をばらまかれたくなかったら金を払えと脅《おど》してきたという。竹本が仕方なく金を払うと、それからも定期的に金を要求されるようになった――。

慣れた手口からして、恐らく竹本の他にも被害者はいるだろう。

惣助は竹本に、今から警察に通報するように促し、サラを先に家に帰らせて、竹本とともに警察の到着を待った。

駆けつけてきた警察に、「暴行を受けていた被害者が危険だったため、やむを得ず男たちをふん縛《じば》っておいた」と説明すると、本当に一人で全員をやっつけたのかと疑われたが、竹本にも惣助一人でやったと口裏を合わせてもらった。

『……あの拳法少女のことを誰かに話したら、あなたに危険が及ぶかもしれません。こいつらをやったのは俺一人で、あいつのことは忘れてください。いいですね？』

『は、はい！　わ、忘れます忘れます！』

途中男の一人が意識を取り戻し、「あの拳法のガキはどこ行った⁉」などと騒いだものの、「ガキ……？　なんのことだか全然わからないです。もしかしてあいつ、クスリでもやってるんじゃないですか？」と誤魔化《ごまか》した。

竹本と一緒に警察署に行って事情聴取を受け、竹本が金を脅し取られているところや暴行を受けている動画データも提出。

聴取を担当した刑事が顔見知りだったこともあって、惣助は一時間ほどで解放された。

警察署を出て、惣助は家路につく。

明日、依頼人である竹本の妻に報告して、報酬《ほうしゅう》を受け取る。それでこの仕事は終わりだ。

あの恐喝《きょうかつ》グループの素性《すじょう》や、逮捕された彼らが今後どうなるのか、惣助にはニュースで報道される範囲でしか知らされることはない。

時刻は午後九時半前。

帰り道にあったスーパーに立ち寄ると、閉店間近だったらしく半額シールの貼られた商品がいくつも目にとまった。

もしやと思って精肉コーナーに向かうと、なんと焼き肉用のA5ランク飛騨牛《ひだぎゅう》が半額で売られているのを発見した。半額とはいえ飛騨牛なのでそこそこいい値段ではあったが、惣助《そうすけ》は意を決してそれをスーパーのかごに入れた。

１０月１１日　２１時４７分

「ただいまー」

「おー、遅かったのう」

惣助が事務所に戻ると、サラはソファに寝転んで漫画を読んでいた。格好は異世界コスチユームから部屋着に戻っている。

「事情聴取やらいろいろあったんだよ。それより腹は減ってるか？」

「無論じゃ。今日は特に運動したからのー」

「魔法でチンピラぶっ飛ばすのを運動とか言うな」

惣助はツッコみつつ、

「まあ腹減ってるならよかった。ちょっと遅いが飯にしよう」

「ほむ。今宵《こよい》の食事はなんじゃ？」

あまり期待してない様子で訊《たず》ねてきたサラに、惣助はスーパーの袋からドヤ顔で飛騨牛のパックを取り出した。

「見ろ、これが岐阜県が誇る高級ブランド牛、飛騨牛様だ」

「ほほう」

興味を惹《ひ》かれたらしく、サラは起き上がってソファから身を乗り出す。

「半額シールが貼ってあるのう……」

微妙な顔をするサラに、

「い、いいんだよ！　賞味期限ギリギリだろうが飛騨牛様は飛騨牛様だ」

「さて、どうじゃかな。妾《わらわ》はこう見えて肉にはうるさいぞよ？」

「絶対に美味《うま》いから待ってろ。すぐに準備する」

惣助はキッチンの棚から一人用のホットプレートを取り出し、軽く洗ってテーブルの上に置いてスイッチを入れた。

プレートを温めている間に冷凍庫から白米を取り出して解凍し、お椀《わん》に盛り付ける。

取り皿と焼き肉のタレ、発泡酒とお茶も準備し、いよいよ肉を二切れ、そっとプレートに載せる。

じゅううぅ――という食欲をそそる音と、肉が焼ける香ばしい匂いが鼻腔《びこう》をくすぐる。

「おふぉお……」

サラの口から期待のこもった声が漏《も》れた。

ほどなく肉がいい感じに焼け、惣助《そうすけ》は一切れをサラの取り皿に、もう一切れを自分の皿に取った。

「では試してやろうかの、異世界の高級牛肉の味とやらを」

「おう、心して味わえ。……いただきます」

「いただきます」

惣助とサラは同時に肉を口に運んだ。

しつこくなりすぎない絶妙なレベルに乗った脂が甘辛いタレと溶け合い、舌に乗せた瞬間から幸せが広がる。

柔らかな肉に歯を立てるたびに、肉汁とともに圧倒的な旨味《うまみ》があふれ出し、口の中を満たしていく。

(あぁ～……やっぱり超美味《うま》いな飛騨牛《ひだぎゅう》……！　宇宙一美味い)

久々に食べる飛騨牛の味に、惣助は感激する。

一方サラも、口をモゴモゴ動かしながら目を白黒させ、呆《ほう》けたような顔で肉を飲み込んだあと、

「にゃ、にゃにこりぇ〜」

と蕩《とろ》けた声を漏《も》らした。それからカッと目を見開いて惣助《そうすけ》を見つめ、

「なんなんじゃこれは！　どえりゃあうみゃいではないか！　旨さが口の中で爆発しておるかのようじゃ！　牛がシャッキリポンと舌の上で踊りよるわ！」

「お、おう。そうだろ？　天下の飛騨《ひだ》牛《ぎゅう》様だからな」

グルメ漫画のキャラのような盛大なリアクションについ気圧《けお》されてしまった惣助に、サラは真顔で唸《うな》る。

「むーん……牛肉とは思えんほどの柔らかさに、極上の甘露《かんろ》のごとき脂……。こんなものを隠し持っておったとは……異世界恐るべし……。妾《わらわ》が宮廷で食しておった肉は草履《ぞうり》の底だったのではないかと思えるほどじゃ……」

「そこまで言うか」

大げさな物言いに苦笑が浮かぶも、ここまで喜んでくれると惣助のほうも嬉《うれ》しくなる。奮発した甲斐《かい》があったというものだ。

「まだまだあるからどんどん食えよ」

そう言ってホットプレートに次々と肉を載せていく。

肉が焼き上がるたびに、サラは貪《むさぼ》るように肉を頬張る。

普段はどこか飄々《ひょうひょう》とした彼女の、幼い見た目相応の姿に微笑《ほほえ》ましいものを感じながら、

「あー、サラ。今日は助かった。改めて礼を言っとく」

するとサラは少し驚いたような顔をしたあと、「うむ、感謝するがよい」と鷹揚《おうよう》に頷《うなず》いた。

「ああ、感謝はしてる。……してるが、もう二度と勝手なことはするな」

「ほむ？」

不思議そうに首を傾《かし》げるサラに、惣助は険しい表情を作る。

「今回は不倫でこそなかったが……どっちにしろあんな現場、子供が見るもんじゃない。現実の探偵の仕事なんて、子供が関わるもんじゃねえんだ」

真剣な声音で言った惣助を、サラはしばし肉を嚙《か》みながら無言で見つめ、ゴクリと肉を飲み込んだあと、フッと微笑みを浮かべ、

「そなたが本気で妾のためを思ってそう言っておるのはよくわかった」

「ああ……！　それじゃあ……」

「じゃが断る！」

「なんでだよ!?」

サラはフンと鼻を鳴らし、

「言ったじゃろう。妾は昔から修羅場《しゅらば》なんぞ見慣れておる。それに惣助。そなた妾の情操教育のことを心配する前に、妾の食生活の心配をしたらどうなのじゃ」

「え？」

「今さらドロドロした世界から目を背けたところでおそらく何も変わらんが、食生活のほうは成長期の妾《わらわ》にとって確実に将来に影響が出る大問題なのじゃぞ。わかっとるのかこの甲斐性《かいしょう》なしの貧乏探偵が」

「そ、それは……えっと、はい……」

反論の余地のないサラの言葉に、惣助《そうすけ》は何も言えなかった。

「よって妾は、妾自身の健全な成長のためにそなたの仕事を手伝う。探偵の仕事に関わってほしくなければ、毎日飛騨牛《ひだぎゅう》を食べられるくらい稼げるようになってから言うのじゃな」

「いや毎日飛騨牛は贅沢《ぜいたく》すぎだろ！」

「よいか探偵さん。飛騨牛をな、飛騨牛をいつでも食えるくらいになるのじゃ。それが、人間えら過ぎもせず貧乏すぎもせぬ、ちょうどよいくらいというとこなのじゃ」

「ネットミームまで使いこなしてやがるし……」

頬を引きつらせて半眼でうめき、惣助は焼き肉を一切れ取って白米と一緒に口に入れ、それを発泡酒で流し込んだ。

「あ～、ちくしょう美味《うま》い美味すぎる！　……たしかに、半額になってなくても食いたいときにいつでも飛騨牛が食えるようになりてえなあ！」

「かかっ、そうじゃろそうじゃろ」

楽しげに笑うサラに、惣助は諦《あきら》めた顔で嘆息し、発泡酒の缶を持って差し出す。

「……よろしく頼む、相棒」

「うむっ」

サラははにかみ、お茶の入ったコップを惣助の缶に軽くぶつけた。

かくして、鏑矢《かぶらや》探偵事務所に一人、新しいメンバーが加わったのだった――。

CHARACTERS

SALAD BOWL
OF
ECCENTRICS

NAME
そうすけ

ジョブ:探偵
アライメント:善／中庸

STATUS

体力:	82
筋力:	73
知力:	85
精神力:	89
魔力:	0
敏捷性:	78
器用さ:	75
魅力:	43
運:	21
コミュ力:	76

CHARACTER

SALAD BOWL
OF
ECCENTRICS

サラ NAME

ジョブ:異世界の麒麟児
アライメント:中立／混沌

STATUS

体力:	35
筋力:	17
知力:	97
精神力:	83
魔力:	95
敏捷性:	36
器用さ:	42
魅力:	91
運:	86
コミュ力:	72

ホームレス女騎士

　時間は数日前に遡《さかのぼ》り、場面も現代日本から異世界へと移る。

　皇女サラを逃がすため、単身反乱軍の追っ手に向かっていったリヴィアは、激戦の末、二十人以上の敵兵をひとまず撃退することに成功した。

　主君であるサラとは違い魔術は不得意で、基礎的な治癒《ちゆ》魔術と自分の身体能力を高める強化魔術しか使えず、専《もっぱ》ら武術の腕前ばかりを磨いてきたが、それが功を奏して反乱軍に魔術を無効化されても単身で戦い抜くことができた。

　リヴィア・ド・ウーディス、二十歳。

　帝国が全土を統一する以前からオディン家に従ってきた名門、ウーディス家の出身で、第七皇女サラの側近として、彼女が十歳の頃から仕えてきた。

　鍛えられたしなやかな肉体に女性らしい豊かな膨らみを併せ持つ美女で、長い銀髪を簪《かんざし》で一つにまとめている。瞳の色は右が青、左が緑。凜々《りり》しい雰囲気に、身に纏《まと》った軍服と腰に佩《は》いた刀と短刀がよく似合う。

　しかしその美しい容姿も、今は自分の血と敵の返り血で赤に染まり、軍服もボロボロになっていた。

（姫様は無事《門》《ポータル》とやらにたどり着けたでしょうか……）

　とりあえず治療魔術で傷を治し、新手が来る前に自分もサラを追うべく、リヴィアは通路の奥へと走った。

　通路を抜けた空間にあったのは、深い闇の広がる大穴。

　得体の知れないモノに対する本能的な恐怖を振り払い、リヴィアは《門》へと近づいていく。

「姫様……異世界とやらでも某《それがし》がお供いたします！」

　勢いよく《門》の中に飛び込むと、リヴィアの視界は暗転し、痛みもないのに全身が砕け散るのを知覚しているかのような奇妙な感覚に襲われた。

（こ、これは奇っ怪な……）

　時間の認識が急に曖昧《あいまい》となり、数秒なのか数時間なのかさえわからないまま、粉々になったリヴィアが闇の中を漂っていると、突然視界が光に包まれた。

　浮遊感を覚えると同時にリヴィアの身体は空中に投げ出され、そのまま硬い地面に叩《たた》きつけられたが、反射的に受け身を取ったので特にダメージはなかった。

　すぐに立ち上がり、周囲に目を配る。

　四角い建物が建ち並び、窓からは明かりが漏《も》れている。硬く舗装された道の横には高い柱が間隔を開けて突き立てられており、柱と柱は上方で線のようなもので繋《つな》がっている。雲の多い夜空には、細い三日月が弱々しい光を放っている。周囲に人の姿はない。

（ここが異世界なのでしょうか？）

帝国の街並みとは明らかに異なる風景に面食らいながらも、本当に《門》の先が別の世界に繋《つな》がっていたことを素直に喜ぶことにする。主サラもまた、生きてこの世界に逃げ延びられたに違いないのだ。

まずはサラを見つける。

それが自分の最優先で成すべきことだ。

そう判断すると、リヴィアはとにかく情報を集めるため、人の姿を探して明かりのある方角へ歩き出す。

薄暗い路地裏を抜け広い通りに出ると、見たことのない形の乗り物が何台も走っていた。

（まさかあれ、全部自動車ですか？）

内燃機関を動力源として走る車の開発は帝国でも進められていたが、軍需物資の運搬用として僅《わず》かに実用化されたのみである。それが、まるで川に水が流れるように途切れることなく大量に走っている。

機械に疎《うと》いリヴィアでも、この世界の技術力が自分のいた世界よりもはるかに高い水準にあることは理解できた。

と、そこで道を歩く二人の若い男女が視界に入る。

「すみません、そこのお二人」

とりあえず彼らから情報を得ようとリヴィアが話しかけると、

「はい？　なんですくぁうぉっ⁉」

「きゃっ！　え、なに、コスプレ……？」

「な、なんかやべー感じする。行こうぜ……」

二人はリヴィアに視線を向けた瞬間、怯《おび》えた顔になり、逃げるように早足で離れていってしまった。

「あっ、ちょっと！　……なんなのですか……」

首を傾《かし》げながら、近くを通りかかった中年の男に声をかける。

「もし、そこのお方」

「はい？」と男が振り返り、そして先ほどの二人と同じように「ひぃ……⁉」と怯えた顔で小さな悲鳴を漏《も》らした。

不審に思いながらも「少し話を聞きたいのですが」とリヴィアが彼に近づくと、

「う、うわああ〜〜〜！」

踵《きびす》を返し、男は悲鳴を上げて逃げていってしまった。

（なんなのですかこの世界の者たちは……！）

憤《いきどお》りながら周囲を見回すと、すぐ横の建物のガラス窓に自分の姿が映っていることに気づいた。

……さっき人を斬ってきたばかりでござると全力でアピールしているかのような、全身血まみれのリヴィアの姿が。

こんな姿の人間がいきなり話しかけてきたら、民間人は普通逃げる。たとえ異世界だろうとそれは同じだろう。

合点がいって視線をガラスから逸《そ》らすと、自分が通行人たちから注目を集めていることに気づく。

まだこの世界のことを何もわかってないうちから騒ぎを起こすのはどう考えてもマズい。

（ひとまずこの場を離れましょう……！）

リヴィアは魔術で自分の身体能力を強化すると、身を翻《ひるがえ》し、常人には到底追いつけない速度でその場から走り去ったのだった。

１０月４日　２０時１６分

なるべく目立たないよう、人気《ひとけ》のない暗い道を選んで歩いていると、前方に大きな川が流れているのが見えた。

「川です……！」

リヴィアの口から思わず喜びの声が出る。

あそこなら血も洗い流せるし、喉《のど》の渇きも癒《い》やせるだろう。

急いで川に駆け寄り、川べりから水面を見る。水は川底まで見えるほど澄んでおり、魚も泳いでいる。

すぐにでも水を飲みたい衝動を抑え、リヴィアはとりあえず手と顔を洗ったあと、焚き火をするために乾いた流木や枯れ葉を集める。短時間で十分な量が集まり、ついでに金属製の容器も幾つか手に入った。

また、川辺を歩き回る過程で、南方にそびえる山の頂上に小さな城が建っていることに気づいた。城全体が明かりで照らされ、夜でもはっきりと見える。

明かりがついているということは、人が住んでいるのだろう。そして城に住んでいる人物といえば、この地方を治める主に違いない。

城主に助けを求め、姫の捜索にも力を貸してもらうべきだろうか。しかし城主の人となりどころか、この国の政治体制すらわかっていない状態で接触するのも危険な気がする。

ともあれ、城に行くにしても情報を集めるにしても、まずは今の格好をなんとかするのが先決だ。

板の上で細い棒を常人には不可能なスピードで高速回転させると、煙が上がり、ほどなく火がついた。

金属の容器に水を汲《く》み、焚き火にかけて煮沸してから少しずつ飲む。ただの湯だが、カラカラに渇いた喉《のど》には極上の美酒にも勝るように感じられた。

「ほぅ——」

ようやく人心地つき、リヴィアの唇から穏やかな吐息《といき》が漏《も》れる。

(姫様はご無事でしょうか……)

サラは聡明で、帝国屈指の魔術の使い手でもあり、大抵の危機は一人で切り抜けられる力を持っている。しかし、いかんせんまだ幼い。異世界にただ一人で放り出され、心細くて泣いたりしていないだろうか。悪い人間に騙《だま》されて、酷《ひど》い目に遭ったりしていないだろうか。もしも奴隷商人などに捕まっていたりしたら……。

悪い想像を振り払い、リヴィアは周囲に人がいないことを確認すると、身につけているものをすべて脱いで川べりに置き、一糸纏《まと》わぬ姿で川に入る。

水温はかなり低かったが、我慢できないほどではない。

全身の血と汗を流したあと、衣服を手に取り川の水で洗い、ついでに食料も確保するため刀で泳いでいた魚を突き刺して仕留める。

魚を五匹獲って川べりに置き、洗った服を水気を絞ってそのまま着る。濡《ぬ》れた布が肌に貼り付いて不快だが、他に着る物もないので仕方ない。焚き火で服を乾かすのは非常に時間がかかる上、焦がしてしまう可能性も高いので、着たまま自然乾燥させるしかないのだ。

それから魚の内臓を取り出し、短刀で木を削って作った串に刺して遠火で焼く。

魚の焼けるいい匂いが漂ってきて、それに反応してリヴィアのお腹が鳴った。

三十分ほどして魚がいい具合に焼け、魚を頬張る。

（これは美味《おい》しい……！）

なんという魚かは知らないが、身がフワフワで、調味料など何も使ってないのに上品な旨味《うまみ》がある。骨もそれほど硬くなく、頭から丸かじりしても問題なく食べられる。

あっという間に二匹完食し、三匹目に手を伸ばそうとしたそのとき、不意に横から眩《まぶ》しい光に照らされ、リヴィアは反射的に刀を手にとってそちらを見た。

「おーい、そこのお嬢さん」

近づいてきたのは、二人の中年の男だった。両方とも手に光を放つ棒を持っており、腕には『漁場監視員』という腕章をつけている。

「あんた外国の人かい？　言葉わかる？　アーユースピークジャパニーズ？」

「問題ありません。通じています」

リヴィアが答えると、男たちは安堵《あんど》の色を浮かべ、

「なんやあんた、ずぶ濡《ぬ》れやんか。あちこち破けとるし……川で転んだんか？」

「ま、まあ、そんなところです」

「気ぃつけんさいよ？　もう夜やし、風邪ひかんうちに家に帰ったほうがええよ」

「……ご忠告感謝いたします」

少し表情を強張《こわば》らせてリヴィアが軽く頭を下げる。

そこで一人が焚き火と焼いている魚に視線を向け、

「ええなあ、釣った魚をその場で焼いて食うのは」

「なんやかんやでコレが一番うめえわな」

「はい、そのとおりだと思います。特にこの魚は実に美味しい」

男たちの言葉にリヴィアも同意した。……厳密には釣ったわけではないが。

「はは、そりゃあ長良川《ながらがわ》の鮎《あゆ》やからな！」

「ああ、ここの鮎は日本一、いや世界一やで！」

二人は笑みを浮かべて頷《うなず》いたあと、

「ああそうや、一応おじさんらの仕事やからね。遊漁証を見してもらえるかな？」

「ゆうぎょしょう？」

リヴィアが聞き返すと、男たちの頬が少し引きつった。

「この川で釣りをするには、遊漁証っていうのを買わんとあかんのやが……。その様子やと知らんかったみたいやね」

「……申し訳ありません。知りませんでした」

「うーん、まあ知らんかったならしょうがないわ。ほんならここで買ってもらおか」

「店やと千五百円なんやけど、現場やで二千円ね。悪いけどそういう決まりやからね」

『円』というのはこの国の通貨だろう。

「……すみませんが、今は持ち合わせがありません」

「ええ!?」

二人は驚き、リヴィアに疑わしそうな目を向ける。

「……本当かい？」

「本当です」

すると二人は周囲を明かりで照らして、

「ほんとに荷物もなんもねえな……」

「釣り竿《ざお》しか持ってきとらんのか？」

「釣り竿？」

「あれ……？　よう見たらお姉ちゃんが持っとんの、釣り竿やないんか？」

リヴィアの持つ刀に光を当て、男が訝《いぶか》る。

「釣り竿？　いえ、これは刀です」

「刀ァ？　まさか本物やないやろうな？」

「もちろん本物――」

言いかけて、この国でも帝国同様、民間人の武器の携帯は禁止されているのでは？　と思い至る。

「――なわけがなく、これはもちろん釣り竿です！」

「そ、そうやよな」

「最近は変わった形の釣り竿も色々出とるからなあ」

　男たちは苦笑を浮かべたあと、

「うーん……ほんなら明日、漁協の事務所に来て二千円払ってもらうで、とりあえず住所、氏名、電話番号教えてもらおか」

　問われ、リヴィアは焦《あせ》りの色を浮かべる。

「名前はリヴィア・ド・ウーディス。住所は……言えません」

「言えんって、そんなわけにゃあいかへんわ」

「そ、そう言われても、ないものは言えないので……」

「ないって……住所が？」

「はい」

「旅行客やから日本に住所がないっちゅうことかいな？」

「ああなるほど。それやったら、泊まっとるホテルでもええよ？」

「いえ、そういうわけでもなく……」

　男たちは困惑して顔を見合わせ、小声で相談を始める。

「なんかワケアリみたいやな……」

「もしかしてアレやないか？　密入国……」

「どこぞの店から逃げてきたんかもしれんぞ。服もボロボロやし……」

「警察に通報したほうがええんやないか？」

密入国、警察、通報といった単語に、リヴィアは耳ざとく反応する。

「つ、通報だけは許してください！　お金はあとで必ず払います！」

「そう言われてもなあ……」

男たちは困った顔をしたあと、再び顔を見合わせてため息をつき、

「まあ俺らも面倒ごとには関わりたねーしな……」

「今回は見逃したげるから、もう遊漁証なしで釣りしたらあかんよ」

「申し訳ありません！　恩に着ます！」

リヴィアが深々と頭を下げると、男たちは戸惑いの顔を浮かべながら歩き去っていった。

１０月４日　２１時２３分

漁場監視員の二人が去ったあと、リヴィアは残っていた魚を平らげ、とりあえず山の上の城

を目指すべく川沿いを歩き出した。

しかし。

ぽつり――と頭に冷たい感触。

空を見上げると、雨が降り始めていた。

このままではようやく乾き始めてきた服がまた濡《ぬ》れてしまう。

リヴィアは急いで、少し離れた場所に見えていた橋の下へと走った。

橋の下に辿《たど》り着き、リヴィアが「ふう……」と一息つくと、近くで物音がした。

「む……!?」

刀の柄《つか》に手をかけて振り返ると、一人の男が警戒した様子でこちらを窺《うかが》っていた。

鋭い目つきの、細身で長身の男である。髪も髭《ひげ》もボサボサで年齢はよくわからない。着ている服も汚く、男の立っている周囲には毛布や紙の箱、鍋や食器が置かれている。おそらくこの橋の下に住んでいる浮浪者だろう。

「驚かせてしまって申し訳ありません。しばらく雨宿りさせてもらってもいいでしょうか?」

リヴィアが訊《たず》ねると、

「かまわねえよ。……そもそも許可出す立場じゃねえし」

ぶっきらぼうな口調で男は答えた。

リヴィアは少し躊躇《ためら》いつつ、さらに男に話しかける。

「迷惑ついでに少し話を聞かせてもらいたいのですが……」

「あん？」

「あの山の上にある城に住む城主はどのようなお方なのですか？」

すると男は、不審げに目を眇《すが》めた。

「あんたなに言ってるんだ？　あそこには誰も住んじゃいねえよ。ただの資料館だ」

「なんと!?」

想定外の言葉にリヴィアが驚くと、男のほうもまじまじとリヴィアを見て、

「本気で知らなかったのか？　あの城は関ヶ原《せきがはら》の戦いのあと徳川家康《とくがわいえやす》に壊されて、明治時代に一度再建されたが火事で燃えちまった。今建ってるのはそれをさらに再建したもんで、戦国時代の武具やら街の歴史を説明するパネルやらが展示してある」

「なんと……ではこの地を治めているお方はどこにおられるのですか？」

「治めているお方って……あんたどこの国の人だ？」

「と、遠い異国の地からやってきた、とだけ言っておきましょう」

リヴィアが曖昧《あいまい》に誤魔化《ごまか》すと、男は「ふっ」と小さく噴き出し、

「なんかあんた、異世界から転移してきたみたいだな」

「な、なぜわかったのです!?」

動揺するリヴィアに、

「はは……まあ詮索《せんさく》はしねえよ。異世界の女騎士さん」

冗談だと思われたらしく、男は苦笑を浮かべて言った。

「す、すみません。そうしてもらえると助かります」

リヴィアは安堵《あんど》し、無言で空を見上げながら雨が止むのを待つ。

しかし雨足は強まるばかりで、いっこうに止む気配はなかった。

と、

「おい」

男が不意に声をかけてきた。

「この様子じゃ当分やまないだろ。傘やるからこれ使って帰れ」

そう言って男は、透明な傘を差し出してきた。傘の素材は不明だが、形状はリヴィアの世界のものとほとんど変わらない。

そのことに妙な感心を覚えつつ、

「お気遣い感謝します。ですがいただくわけには……」

「もともと拾ったボロ傘だから気にするな。それよりも、ずっとそこに立ってられるほうが落ち着かなくて迷惑なんだよ」

「そ、それは申し訳ありません。ですが、傘をもらったところで行くあてがないのです……」

「はあ？　あんた観光客じゃないのか？」

「違います。ゆえあって遠い異国の地からやってきた……やはりこれ以上は言えません」

「……」

男は露骨《ろこつ》に怪しんでいる様子だったが、それ以上追及はせず、

「要は、あんたも俺と同じホームレスってわけだな」

ホームレスという言葉の意味はなんとなく察せられた。

「ち、違っ、某《それがし》は誇り高き帝国の――」

否定しようとしてリヴィアは言葉に詰まる。今の自分は、異世界からの逃亡者に過ぎない。

「そうですね……某も今日からホームレスです」

力なくため息をつき、リヴィアはその場に座り込む。

そんなリヴィアに、男は二枚の板のようなものを差し出してきた。

「これは？」

「段ボールだ。断熱効果も高いし寝心地も悪くない。とりあえず今夜寝るときはこれを使うといい」

「え!?　そんな貴重な物をいただくわけには……！」

すると男は苦笑を浮かべ、

「段ボールなんてスーパーに行きゃいくらでも貰《もら》える」

「そうなのですか？」

「ああ。明日案内してやるよ。炊き出しやってる公園にもな」

「……あの、どうしてそこまで親切にしてくださるのですか？」

訝《いぶか》るリヴィアに、

「新入りには優しくするのがホームレスの流儀だからだ。同類同士、助け合わないと生きていけないからな」

「ありがとうございます……。ではご厚意に甘えさせていただきます」

リヴィアは段ボールを受け取り、

「そういえば、お名前をうかがってもかまわないでしょうか？」

「鈴木《すずき》だ。あんたは？」

「某はリヴィア・ド・ウーディスと申します。リヴィアでかまいません」

「了解。リヴィアさんね」

「はい。よろしくお願いします、鈴木殿」

それから鈴木は、リヴィアにこの国の政治や経済の仕組みについて色々教えてくれた。また、川で釣りをするのが有料なだけでなく、鳥や獣も無許可で獲ってはいけないことも知った。せっかく近くに立派な山があるのに残念だ。

ともあれ彼の説明は整然としてわかりやすく、リヴィアにもすんなり理解することができた。

「鈴木殿は教えるのが上手《うま》いですね。もしやどこかで教師をしておられたのでは？」

「教師じゃねえが……『先生』と呼ばれてたことはあったかな……」

鈴木《すずき》は遠い目をして自嘲《じちょう》気味に笑い、

「久しぶりにたくさん喋《しゃべ》ったから疲れちまった。俺はもう寝る」

そう言って自分の寝床へと戻っていく鈴木。

リヴィアも彼から少し離れたところで一枚の段ボールを地面に広げ、もう一枚を組み立ててそれに身体を通して寝転がった。

たしかに温かく、地面の硬さもあまり感じない。

肉体的にも精神的にも疲れていたこともあって、リヴィアはほどなく眠りに落ちた。

こうして、リヴィアの異世界での最初の夜は過ぎていった。

１０月５日　６時３１分

「おい、起きろ」

翌朝、段ボールの上から軽く叩《たた》かれ、リヴィアは目を覚ました。

目を開けると、鈴木がどこか呆《あき》れたような顔でリヴィアを見下ろしていた。

「ああ、鈴木殿。おはようございます」

「……よく眠れたか？」

「はい。久々によく眠れました」

姫との逃亡生活中も旧魔王城へ逃げ込んでからも、休んでいる暇などなかったので、朝までしっかり眠ったのは本当に久しぶりだ。

「マジかよ……」と鈴木が呟《つぶや》く。

「ここは夜中でもトラックが結構通るし、段ボールで雑魚寝《ざこね》も慣れないうちはキツいと思うんだが……。あんた、ホームレスに向いてるのかもしれないな」

「それは喜ぶべきなのでしょうか……」

当惑の表情を浮かべるリヴィアに鈴木は少し笑い、

「とりあえず、朝飯に行くぞ」

「朝飯、ですか？」

戸惑うリヴィアを連れて鈴木が向かったのは、徒歩二十分ほどの場所にある公園だった。

鈴木の話では、毎朝ボランティア団体や教会の人が、ホームレスのために炊き出しを行ってくれているらしい。食べ物のほか、ときどき服や毛布を配ってくれることもあるという。

しかし。

「なんか様子がおかしいな……」

鈴木が訝《いぶか》しげに言った。

公園の周りに人だかりができており、鈴木《すずき》とリヴィアが近づくと、露骨《ろこつ》に顔をしかめて離れていく者もいた。

と、そこへ鈴木と同じような格好で無精髭《ぶしょうひげ》を生やした男が声をかけてきた。

「よう、鈴木さん」

「おはよう、村田《むらた》さん」と鈴木が挨拶《あいさつ》する。どうやら知り合いらしい。

「そっちの姉ちゃんは？」

村田と呼ばれた男がリヴィアに視線を向けた。

「新しいお仲間だ」

「こんな外国人の姉ちゃんがか？」

「どうもワケアリらしい。日本語は話せるから、できればよくしてやってほしい」

「まあ、事情は聞かねえけどよ……」

鈴木の言葉に、村田は困惑を隠さないままそう言って、

「それより、今日の炊き出しは中止だとさ」

「なにがあったんだ？」

「公園で爆発があったんだとよ。それで立入禁止になってる」

「爆発？　物騒だな。不発弾でも埋まってたのか……？　こんな地方の公園で爆弾テロってわけでもないだろうが……」

「原因なんてどうでもいいよ。飯がないならこれ以上ここにいてもしょうがねえ。じゃあな、鈴木さん」

「ああ」

村田が去っていき、「俺たちも行くか」と鈴木も歩き出した。

「これからどうするのですか？」

リヴィアが訊《たず》ねると、

「家……というか寝床に戻ってカップ麵《めん》でも食って、それから仕事だ」

「仕事？」

「ゴミ箱やゴミ捨て場からアルミ缶を回収して売るんだ。それからペットボトルも、直接金には換えられないがスーパーの回収ボックスに持って行くと店で使えるポイントになるからこれも回収する。一日中歩き回ればそれなりには稼げる」

「一日中……!?」

絶句するリヴィアに、鈴木は「ああ」とこともなげに頷《うなず》いた。

「それでは姫様を捜す時間がないではありませんか……！」

「姫様？」

「あ、いえ……えーと、実は某《それがし》には、捜さねばならない人がいるのです。一日中仕事をしているわけには……」

「人捜し？　アテはあるのか？」

「いえ、まったく……。この街にいるとは思うのですが……」

鈴木《すずき》は小さく嘆息し、

「悪いが俺は人を捜す方法なんて知らん。歩き回るついでに地道に聞き込みをするか、探偵にでも頼むしかないな」

「たんてい？」

「まあ人捜しのプロみたいなもんだ。この街にもいくつか探偵事務所がある」

「おお、そのような者がいるのですね。ではさっそくそこへ――」

「金もないのに行ってどうする」

光明を得て喜ぶリヴィアの言葉を遮《さえぎ》り、鈴木が淡々と言った。

「や、やはりお金が必要なのですか……？」

「そりゃ、あっちも仕事だからな」

「クッ、では一刻もはやく探偵を雇うお金を貯めなければ！　鈴木殿、急いでアルミ缶とやらを拾いに行きましょう！」

「お、おう……」

希望が見えて張り切るリヴィアに、鈴木は困惑の色を浮かべたのだった。

10月8日　19時25分

アルミ缶の回収をするついでに聞き込みをしながら、探偵を雇うためのお金を貯める――

行動の指針をそうと決めて、早くも四日が過ぎた。

「リヴィアさん、あんたやっぱりホームレスの才能あるな」

夜、橋の下で賞味期限切れのおにぎりと自家製のぬか漬けを食べながら、鈴木が心から感心している様子で言った。

「このあたりの道も覚えましたし、明日はもっと効率よく集められそうです」

拾い物の取っ手付き鍋で茹《ゆ》でたインスタントラーメンを鍋から直接食べながら、機嫌良く答えるリヴィア。服装はボランティアの人に貰《もら》った古いジャージで、サイズが小さくてファスナーが胸元まで閉まらず、下も短すぎて臑《すね》が露出している。

初日と二日目は、鈴木にスーパーやリサイクルショップの場所を教えてもらいながら空き缶を集め、昨日からは市の観光案内所で無料で手に入れた地図を見ながら単身で歩き回った。無尽蔵の体力で休むことなく歩き続け、常人では到底持ち歩けないような大量の缶や粗大ゴミを一気に運搬し続けた結果、土地勘のある鈴木の収入をもあっさり上回ってしまった。

「まさかもう抜かれちまうとはな……明日は俺ももう少し頑張ってみるか」

「ははは、負けませんよ鈴木《すずき》殿――って違う！　何をしているのですか某《それがし》は⁉　空き缶集めに夢中になってどうするのです！」

自分で自分にツッコミを入れるリヴィア。

頑張って歩き回った成果が目に見える形で出るというのがリヴィアの気性に合い、すっかり夢中になってしまったが、一番の目的はあくまでも姫を見つけることだ。

鈴木が調べてくれた情報によると、探偵に人捜しを依頼する料金は難易度によって異なる。捜し人についての手がかりが多い場合――たとえば交友関係や行動範囲が絞られていたり、日記やスマホ、通帳などが残されていれば、難易度は低いと見なされ料金は安くなる。逆にサラのように、手がかりどころか写真すら一切ない人物の捜索は最高難度と考えられ、料金も最大となってしまうらしい。

どれほど節約してお金を貯め続けたとしても、これでは着手金を貯めるだけでも数ヶ月かかる計算になる。

また、リヴィア自身が聞き込みをするのも上手《うま》くいっていない。

空き缶の詰まった巨大なポリ袋を幾つも背負ったリヴィアが声をかけようとすると、ほとんどの人が逃げてしまうのだ。かといって、空き缶回収をやめるわけにもいかない。

「鈴木殿、もっと効率よくお金を稼ぐ方法はないのですか？」

リヴィアが訊《たず》ねると、鈴木は逡巡《しゅんじゅん》の色を浮かべ、

「なくもな——いや、ねえよ。そんな方法があったら俺が自分でやってる」

「なるほど、それはたしかに……」

「スマホと銀行口座を持ってるホームレスなら、最近流行《はや》りの配達サービスに登録することもできるが、あんたは持ってないだろ?」

「……はい。スマホと銀行口座はどうすれば持てるのですか?」

「スマホは手に入れるだけなら中古で安物がいくらでも売ってる。SIM契約は身分証明とか色々必要だが、フリーWi-Fiを利用すれば契約しなくてもどうにかなる」

「おお……!」

しむとかわいふぁいというのが何なのかわからないが、ともあれそれほど入手難易度は高くなさそうだ。しかし、

「銀行口座を作るのに必要なのは……決まった住所と印鑑だな」

「…………決まった住所……ないですね……」

うなだれるリヴィアに鈴木《すずき》は淡々と「まあホームレスだしな」と言った。

「役所に行って自立支援施設に入れてもらうって手もあるが……あんたの場合、下手すると不法入国の疑いで拘束されるからな」

「打つ手なし、ですか……。やはり地道に稼ぐしかないのですね」

「そういうことだ」

鈴木が頷《うなず》く。と、そこでリヴィアははたと思い至る。

「しかし某《それがし》はともかく、鈴木殿ならその支援施設とやらを利用すればホームレスから脱却できるのでは？」

「……まあ俺の住民票はそのまま残ってるだろうから、手続きすりゃ入れるだろうな」

「ではなぜそうしないのですか？」

すると鈴木はどこか苦々しげな顔を浮かべ、

「ホームレスになる奴にも色々いるんだ。仕事も家も金もなくて仕方なくホームレスやってる奴。借金取りやヤクザから逃げてる奴。自由を求めて自分からホームレスになった奴。……それから、何もかも嫌になって逃げてきた奴」

「……鈴木殿は世捨て人というわけですか？」

鈴木の言動の端々からは、高い教養や見識の深さが窺《うかが》えた。そんな彼がなぜホームレスなどしているのか不思議だったのだが、自ら世捨て人になったとすればしっくりくる。

「世捨て人って言うとちょっと格好いいな。実際はただの負け犬だ」

鈴木はそう言って自嘲《じちょう》気味に笑った。

10月9日　7時12分

ホームレスになって五日目の朝。

リヴィアと鈴木《すずき》は公園で炊き出しのカレーを食べていた。爆発があったという場所は既《すで》に埋め立てられている。

そこへ、一人の若い男がニヤニヤしながら近づいてきた。派手な柄のジャケットを着ており髪はオールバック。炊き出しの人にもホームレスにも見えず、端的に言えばチンピラという表現がしっくりくる。

「よう。キミが最近このへんで噂になってるホームレスだろ？」

「噂になっている、のですか？」

馴《な》れ馴《な》れしい口調で話しかけてきた男に、リヴィアは少し警戒しつつ訊《たず》ねた。

「そりゃそうさ。女のホームレスってだけで珍しいのに、それが銀髪の外国人美女で、ありえないくらい大量のゴミを背負って歩いてんだから」

たしかに、リヴィアにも目立っているという自覚はあった。

「他のホームレスが困ってたよ？　新入りのせいで稼ぎが減っちまったって」

「そ、そうなのですか。それは申し訳ない……。しかし某《それがし》は急いでお金を貯めねばならないのです」

「へへ、だと思った。それなら手っ取り早く稼げる仕事があるんだけど、やってみない？」

「なんと！　そんなものがあるのですか⁉」

食いついたリヴィアに、男はさらに笑みを深め、

「ああ！　お客さんの隣に座って一緒にお酒を飲むだけで一日五千円！　頑張り次第でもっと上がるし、お客さんから直接お小遣いがもらえることもある。すぐに入居できる従業員用の寮もあるからホームレスでも安心だよ」

「住むところまで⁉　それは素晴らしい！　ぜひとも――」

「やめとけ」

リヴィアの言葉を遮《さえぎ》って鈴木が言った。

「鈴木殿？」

「多分あんたには向いてない仕事だ」

するとチンピラは顔をしかめ、

「なんだよオッサン。このコのツレか？」

「いや、そういうわけじゃないが……」

「だったら口出さないでもらえる？　決めるのはこのコの自由でしょ？」

チンピラの言葉に、鈴木は少しの沈黙のあと、ため息をついた。

「そうだな……たしかに俺が口を出すことじゃない」

そう言って鈴木は、カレーの皿を持って離れていった。

「あ、鈴木《すずき》殿！」

リヴィアが呼び止めるが、鈴木は振り返らなかった。

「それじゃ入店希望ってことでＯＫだね？」

「あ、はい。よろしくお願いします」

チンピラの言葉に頷《うなず》く。

鈴木の様子は気になったが、せっかく訪れたホームレス生活から抜け出すチャンスを逃すわけにはいかない。

「おっけー。じゃあさっそく今日、十五時に名鉄《めいてつ》の駅前に来てよ。そっから店まで案内するから。一応面接はあるけど、キミなら百パー即合格だと思うよ」

「了解しました」

１０月９日　１４時５７分

公園から一度橋の下の寝床に戻って鈴木を待ったものの、十五時が近づいても彼が戻ってくることはなかった。

仕方なく「これまでお世話になりました」と書き置きをして、リヴィアは荷物を持ってチンピラとの約束の場所に向かった。

駅前には既《すで》にチンピラが待っており、リヴィアの姿を見つけて近寄ってきた。

「それじゃさっそく行こうか」

「はい」

チンピラがリヴィアを連れてきたのは、繁華街にある雑居ビルの五階だった。入り口の看板には『sexy cabaret club 濃姫－KOI♥HIME－』と書かれている。

薄汚れたビルの外観からは想像できないほどに中はきらびやかで、まるで貴族の屋敷のようだった。数人の黒服の男たちがテーブルや床を掃除している。

「店長、入りますよー」

チンピラが店の奥の扉を開け、リヴィアは彼と共に部屋に入った。

中にはスーツ姿の中年の男が椅子に腰掛けており、リヴィアが入るなり不躾《ぶしつけ》な視線を向けてきた。

「店長。このコが今朝電話で話した噂の美人ホームレス、リヴィアちゃんです！」

「なるほど、たしかに想像以上に可愛《かわい》いですね。タケオ君もたまにはやるじゃないですか」

「へへ、あざっす」

店長の言葉に、タケオという名前らしいチンピラは軽薄な笑みを浮かべた。

「キミ、セクキャバで働いた経験はありますか？」

店長がリヴィアに訊《たず》ねてきた。

ここに来る途中でタケオに聞いた話では、セクキャバというのは高級な酒場のようなもので、リヴィアの仕事はお客さんと同じテーブルに座り、話し相手になったり一緒にお酒を飲むことらしい。要は貴族の社交場のようなものなのだろう。

ウーディス家は代々武門の家柄だが、それでも貴族として、皇族の側近として恥ずかしくないよう、礼儀作法はしっかり躾《しつ》けられているし、社交場で他家の貴族の酌《しゃく》をしたり剣舞を披露《ひろう》したこともある。

「せくきゃばの経験はありませんが、社交場での振る舞いは心得ています」

自信たっぷりに答えるリヴィア。

「社交場、いい表現ですね。頼もしい」

リヴィアの返事に店長はニヤリと笑い、

「それじゃあ今日からさっそく店に出てもらいましょう」

「合格ということですか?」

「ええ」と店長は頷《うなず》き「まずは源氏名を決めましょうか」

「源氏名?」

「仕事で使うニックネームのようなものです。好きな女優の名前でもアニメキャラの名前でもなんでもいいですよ。べつに本名でもいいですが」

「特に思いつかないのでリヴィアでかまいません」

「そうですか。ではリヴィアさん。今日からよろしくお願いします」

「はい、こちらこそ」

それから店長に案内され、スタッフルームへと案内される。中には数人の女性がいた。年齢は二十前後から三十前くらいだろう。

店長は彼女たちにリヴィアを紹介したあと、女性の一人を呼び寄せた。

女性たちの中でも一番若く、十代後半に見える。童顔で小柄だが胸は大きく、髪をカラフルに染めている。

「彼女はプリケツさん。寮でリヴィアさんと同室になります。今日は彼女に付き添って仕事を教わってください」

「プリケツっす。よろー」

軽い調子で挨拶《あいさつ》するプリケツに、リヴィアは「ご指導ご鞭撻《べんたつ》よろしくお願いします、プリケツ殿」と深々とお辞儀をした。

「おっ、日本語上手《うま》いっすねリヴィアちゃん」とプリケツは笑い、「そうっすねー、じゃあまずは衣装を選んで……いや、その前にシャワーっすね。なんか臭うっすよ?」

「う……」

はっきりと言われ、少しショックを受けるリヴィア。

「一応、毎日川で汗は流していたのですが……」

「川でっすか!?」

　プリケツが目を見開く。

「はい。先ほどまでホームレスをやっていたもので」

「マジっすか！　はー、そりゃ大変だったたっすねー。うちのお客さん、気前がいい人多いんで、頑張っていっぱい稼ぐといいっすよ」

「はい！　頑張ります！」

10月9日　15時52分

　シャワールームで久しぶりに温かいお湯でシャワーを浴びて髪と身体を洗ったあと、リヴィアはプリケツに更衣室へと案内された。

「リヴィアちゃんに合うサイズのは……このへんっすかねー」

　プリケツがハンガーに掛けてあった衣装を何着か持ってきて、ローテーブルの上に置く。

「な……!?」

　それを見てリヴィアは絶句する。

チャイナドレス、バニーガール、セーラー服、メイド服、ナース、警察官……どれも異様に丈が短く、胸元が大きく露出するようになっていた。

「こ、これを着るのですか？」

「衣装はお客さんに指定されることもあるっすけど、基本的には自由に選んでいいっすよ。どれ着たいっすか？」

平然とした口調で言うプリケツ。どうやらこの世界の酒場の従業員はこういう衣装を着るのが普通のようだ。

正直どれを着るのも恥ずかしいが、あえて選ぶなら――

「これ、でしょうか」

下はミニスカート、上は下着のような形の胸当、そして鎧《よろい》の肩当と脛当《すねあて》が付いている。奇妙な衣装なのに、まるでこの装備が自分を呼んでいるかのように心を惹《ひ》きつけられてしまう。

「おっ、いいっすね。リヴィアちゃんは女騎士の格好めっちゃ似合うと思うっす」

「女騎士……なるほど、これがこちらの世界の騎士の格好なのですか」

「こちらの世界？」

「あ、いえ、なんでもありません」

リヴィアが慌てて誤魔化《ごまか》すと、プリケツは特に気にした様子もなく、

「そっすか。じゃあさっそく着替えてみるっすよ。自分は今日はセーラー服でも着てみよっか

なー」

自分の衣装選びを始めたプリケツを横目に、リヴィアは女騎士の格好に着替えるのだった。

10月9日　19時8分

スタッフルームでプリケツや他の女性従業員と雑談をしているうちに店の開店時間になり、ぽちぽち客が入ってきた。

客に指名された女性――みんな露出度が高い衣装に着替えている――が何人かフロアに出ていく。部屋に残っている女性たちと引き続き小一時間ほど喋《しゃべ》っていると、

「五番テーブル、プリケツさんご指名でーす」

部屋にやってきた黒服がそう言うと、普通に歩くだけで下着が見えてしまいそうなほど短いスカートとお腹が丸出しのセーラー服を着たプリケツは「うぃーっす」と立ち上がり、

「じゃ、リヴィアさんも一緒に来るっす」

「はい！」

プリケツと一緒にフロアに出て、

「は……!?」

目の前に広がっていた光景に、リヴィアは啞然《あぜん》とした。

客――ほとんどがスーツ姿の中年の男だ――に密着するように従業員が座り、接吻《せっぷん》をしたり身体を触らせたりしている。中には服の中に手を入れて胸を揉《も》んでいる男や、上半身裸になっている女性従業員までいる。

「こ、これは一体……」

「なにやってるんすか？　ほら、早く行くっすよ」

プリケツに促され、とりあえず彼女についていく。

（これがこの世界の酒場の常識なのでしょうか……？　いえ、さすがにこれは絶対に違う……もしかしてここは………いかがわしいお店なのでは？）

元の世界でもこの手の店が存在するのは知っていたが、実際に行ったことはない。

プリケツを指名したテーブルの客は、五十歳前後の男だった。精悍《せいかん》な顔立ちに、パリッとしたスーツがよく似合う引き締まった体軀《たいく》で、こんな店に来なくても女性には不自由しなさそうな印象がある。

プリケツはごく自然に彼の隣に座り、

「今日もご指名ありがとうございまっす、社長さん♥」

「ガハハ、プリケツちゃんに会いたくて今日も来ちゃったよ～」

見た目の印象とはかけ離れた品のない笑い方をして、男はテーブルの前に突っ立ったままのリヴィアに視線を向けた。

「ところでこっちのコは？」

「今日入った新人のリヴィアちゃんっす。自分が教育係やることになったんすよ」

「ほほ～、これまた可愛《かわい》いコが入ったもんだね」

男はリヴィアを舐《な》め回すような目で見た。

「ほらリヴィアちゃん、社長の隣に座るっす」

「は、はい……」

リヴィアは仕方なく、プリケツとは反対側に、男と少し距離を開けて座った。

「おっ、初々《ういうい》しい感じがいいねー。じゃあおじさんが入店祝いにご祝儀あげちゃおうかな」

男はニヤニヤと笑いながら、財布からお札を三枚取り出し、それを無造作にリヴィアの胸元に突っ込んできた。その動きがあまりにも自然で、リヴィアは反応できなかった。

「な、なにをするのです！　無礼な！」

顔を赤くして怒るリヴィアに、男が笑って、

「おおっ、女騎士になりきってるねー！」

「クッ……」

リヴィアは呻《うめ》き、胸元に突っ込まれたお札を手に取る。

確認するとお札は三枚とも同じもので、『10000』という数字と『日本銀行券　壱万円』と

いう文字が書かれていた。

「こ、これはまさか一万円札!?　初めて見ました……！」

鈴木《すずき》から聞いて知ってはいたが、アルミ缶を大量に売ってもせいぜい数百円のホームレス生活では縁のない存在だった。それが三枚も、しかもこんなあっさり手に入ってしまったことに、リヴィアは驚愕《きょうがく》と戦慄《せんりつ》を覚え身震いする。

そんなリヴィアの反応に、男は「ガハハ、キミ面白いねー！」と上機嫌に笑った。

「社長さ～ん。リヴィアちゃんばっかズルいっすよ～」

プリケツが甘えた声で男にしなだれかかる。

「ガハハ、しょうがないな～。ほれっ」

男はさらに一万円を取り出すと、それをプリケツの胸に差し込み、もう片方の手で彼女の豊満な胸を揉《も》みしだいた。

「ひゃはっ、くすぐったいっすよ社長さ～ん♥」

拒絶することなく、されるがままに胸を揉ませるプリケツ。

（や、やはり某《それがし》も、胸を揉ませなければならないのでしょうか……！）

主君に求められたときのためにその手の勉強も習ってはいるが、サラならともかくこんな見ず知らずの下品な男に触られるなど絶対に嫌だ。

しかし、ひたすら街を歩き回って小銭を稼ぐ苦労に比べたら、胸を揉ませることなどあまりにも容易《たやす》い。ここでなら、探偵に人捜しを依頼する金もすぐに稼ぐことができるだろう。

(で、ですが、しかし……クッ……！)

葛藤《かっとう》し、フロア内に視線を彷徨《さまよ》わせると、どこもかしこもふしだらな行為が行われている。と、そこで従業員の女性が客に尻を触られながら別の部屋に入っていくのが見えた。

(あれは……？)

リヴィアが疑問を抱いたそのとき。

「ちょっ、困ります！」

店の入り口のほうで黒服の叫ぶ声がして、続けて複数の男がフロアに入ってきた。そのうちの一人がコートのポケットから一枚の紙を取り出して掲げ、

「はい皆さんそのまま動かないで。警察です」

「げげっ、ガサ入れ……！」

社長と呼ばれた男が顔をしかめて言った。

入り口を固められているため逃げることもできず、仕方なくリヴィアはひとまず警察の指示に従うことにした。

まずは店長と、個室に裸でいた男女三組が警察によって店長室に連れて行かれ、リヴィアやプリケツたち女性従業員は「あとで話を聞かせてもらうから」と更衣室で着替えてくるよう指示された。更衣室の扉の前には警官が立っている。

「初日からガサ入れって災難っすねーリヴィアちゃん」

セーラー服を脱ぎながらプリケツが言うと、他の女性従業員が、

「まー本番やってるってだいぶ噂になってたからねー。ぶっちゃけ近々摘発されんじゃないかって覚悟はしてたわ」

「あの……本番というのは？」

リヴィアが訊《たず》ねると、また別の女性が苦笑しながら、

「本番は本番よー。セクキャバはお触りまでで、本番は法律で禁止されてるから」

要は、胸を揉《も》んだり接吻《せっぷん》するのはいいが、性交は駄目ということだろう。リヴィアとしては胸を揉んだり接吻するのはもうほぼ性交と言っても過言ではないと思うのだが、法律では明確に分けられているらしい。

「我々はどうなるのでしょうか……」

「店はしばらく営業停止だし、店長は逮捕されちゃうかもしれないけど、あたしらはちょっと取り調べ受けて終わりじゃない？」

「と、取り調べ……」

警察に取り調べられるのは非常にまずい。

リヴィアは室内を見回し、窓があるのを発見した。

（あそこからなら出られますね……）

リヴィアは急いで更衣室のロッカーに入っていた自分の荷物を回収すると、

「申し訳ありません。某《それがし》は逃げます。プリケツ殿、お世話になりました」

早口にそう告げると、リヴィアは女騎士の格好のまま窓のほうへと歩き出した。

「えっ、ちょっ、リヴィアちゃん!?」

慌てた声を上げるプリケツを尻目に、窓を開けて外を確認する。

「まさか窓から逃げる気っすか!?　ここ五階っすよ!?」

「大丈夫です。問題ありません」

そう言ってリヴィアは窓の外へと身を乗り出し、ひらりと舞うように跳躍して配管に跳び移り、するすると下へ降りていく。

難なく着地したリヴィアは、窓から顔を出して驚愕《きょうがく》の視線を向けているプリケツに軽く手を振り、夜の街を駆け出した。

人気《ひとけ》のない公園のトイレでとりあえず女騎士の格好からジャージに着替え、リヴィアは橋の下へと戻った。

橋の下では鈴木《すずき》がカップ麺《めん》をすすっており、リヴィアが歩いてくるのに気づくと、彼は少し驚いた顔を浮かべた。

「は、恥ずかしながら戻ってまいりました。またここでお世話になってもよろしいでしょうか……？」

顔を赤らめてリヴィアが訊《たず》ねると、鈴木は小さく笑って、

「前にも言っただろう。俺は許可を出す立場じゃない」

「かたじけない……」

そう言ってリヴィアは、そのままにしてあった段ボールの上に腰を下ろした。

「鈴木殿は、あの男の誘いが違法な仕事だと気づいておられたのですね」

リヴィアの問いに、鈴木は素っ気ない口ぶりで、

「薄々はな。いくら美人とはいえ身元不明のホームレスをスカウトするなんて、どう考えても真っ当な店じゃない」

「それなら教えてくだされればよかったのに……」

少し拗《す》ねた顔で抗議すると、

「俺とあんたはただの他人だからな。それに、風俗のほうがホームレスより金を稼げるのは間違いない」

「それはそうですが……」

「……とはいえ、あんたが戻ってきて正直ホッとしたのも事実だ」

リヴィアから視線を逸《そ》らし、ばつが悪そうに鈴木は言った。

「それは某を心配していたということですか？」

鈴木は答えず、無言でカップ麺をすする。

リヴィアは微苦笑を漏《も》らし、

「とりあえず、明日からまた宜しくお願いします」

すると鈴木《すずき》は「ああ」と素っ気なく答えた。

こうして、リヴィアはセクキャバ嬢から再びホームレスに戻ったのだった。

10月12日　19時17分

それから三日が過ぎた。

アルミ缶や粗大ゴミを拾ってリサイクルショップに売り、地道にお金を貯め続けるリヴィアだったが、探偵を雇える金額にはまだまだ届かない。

（やはりもっと稼げる仕事を探すしかないのでしょうか）

先日入店したセクキャバに行ってみたところ、扉に「都合によりしばらく休業いたします」という貼り紙がしてあった。しかしあの近辺には他にも風俗系の店が多くあり、ホームレスでも雇ってもらえる店が他にもあるかもしれない。

（姫様のためならたとえこの身を汚されようとも……）

「……思い詰めた顔をしてるな」

リヴィアの前に座っておにぎりとぬか漬けを食べていた鈴木が声をかけてきた。

「……はい。かなり焦《あせ》っています」

正直に頷《うなず》くリヴィアに、鈴木は少し考え込むような素振りを見せたのち、

「今日、ちょっと図書館に行ってネットで調べてみたんだが……」

「何をですか?」

「市内に一つ、格安で依頼を受けてる探偵事務所があるらしい」

「それは本当ですか!?」

身を乗り出して訊《たず》ねるリヴィアに、鈴木は「ああ」と頷き、

「鏑矢《かぶらや》探偵事務所って名前で、ホームページによれば人捜しの場合は着手金が一律三万、あとは調査にかかった経費と成功報酬《ほうしゅう》で十万円だとさ」

「着手金三万……!」

それだけなら、セクキャバで客に胸元に突っ込まれたお金で払える。経費と成功報酬はあとでどうにかするとして、とにかくサラを見つけてもらうことが最優先だ。

「あんまり期待はしないほうがいいと思うぞ」

水を差すように鈴木が言った。

「料金が安いってことは基本的に、そうしなければ客が呼べないってことだ。腕前には期待できない。グーグルマップで見た限り、相当ボロい事務所だったしな。みすみす三万円をドブに

捨てることになる可能性が高いぞ」

「それはたしかに……。ですが今は、その探偵に賭《か》けてみるしかないのです。鈴木《すずき》殿、事務所の場所を教えていただけますか」

「今から行く気か？」

「はい！」

頷《うなず》くリヴィアに、鈴木はどこか眩《まぶ》しそうに目を細めた。

「ほんとにあんたは真《ま》っ直《す》ぐだな……。わかった、一応地図をプリントしてきたからやるよ」

「おお、それはありがたい！」

鈴木から鏑矢《かぶらや》探偵事務所の場所が描かれた地図をもらい、リヴィアは駆け出した。

走っている車を追い抜くほどのスピードで街を全力疾走し、十分とかからずに目的の場所へと辿《たど》り着く。

鈴木が言っていたとおりボロい建物で不安をかき立てられるが、リヴィアは意を決して階段を上がり、探偵事務所のチャイムを鳴らした。

しばらく待っていると扉が開かれ、

「ほいほーい」

軽い調子で出てきたのは、輝くように可憐《かれん》な一人の少女。

リヴィアの主君、オフィム帝国第七皇女サラ・ダ・オディンその人だった。

「ひ、姫様!?」

あまりのことに目を見開いて絶句するリヴィア。サラのほうも驚愕《きょうがく》の表情を浮かべ、

「リヴィアではないか！　そなた生きておったのか!?」

「もちろんです！　生涯姫様をお守りすることが某《それがし》の使命ですから！」

「うむ、そなたはまことに忠義者よの」

満足そうに頷《うなず》くサラ。

「ところで姫様はなぜここに？」

「妾《わらわ》は今この探偵事務所で働いておるのじゃ」

「なんと……。すでにこの世界で自分の居場所を作っておられるとは、さすが姫様……」

畏敬《いけい》の念を抱くリヴィアに、

「そなたはこっちの世界でどうしておったのじゃ？　なんか臭うのじゃが」

「そ、某は、その、今は…………ホ、ホームレスをしております」

リヴィアは羞恥《しゅうち》に頬を染め、口ごもりながら答えた。

「なんと……苦労しとるようじゃのう」

サラに憐憫《れんびん》の視線を向けられ、リヴィアはますます恥じ入る。

と、そこで、

「サラ。何を話し込んでるんだ？」

サラの後ろから、一人の男が姿を現した。中肉中背の冴《さ》えない風体《ふうてい》の男だ。

「おお惣助《そうすけ》。この者は妾の側近のリヴィアじゃ」

サラの言葉に、惣助と呼ばれた男がまじまじとリヴィアを見る。

「お前の側近ってことは……この人も異世界人ってことか？」

「うむ。前に話したじゃろう。命と引き替えに妾が逃げるための時間を稼いでくれた忠臣がおったと。それがこやつじゃ」

「命と引き替えてねえじゃねえか」

「うむ。流れ的に普通に死んだと思っておったのじゃが、なんか生きておった」

「死んだと思われていたのですか姫様……」

サラの言葉にショックを受けつつも、リヴィアは気を取り直して、

「と、ともかく姫様。これからはこの世界でも某がお守りいたします」

「んー、まあここは割と平和な国じゃし、そこまで気を張る必要はないがの」

「そ、それでも、姫様をお守りするのが某の務めですから！」

そこで惣助が「あのー」と口を挟んできた。

「ちょっと気になったんだが、もしかしてここに住む気か？」

「もちろんです。姫様のお側《そば》を離れるわけにはいきませんから」

リヴィアが答えると、惣助は慌てた様子で、

「無茶言うなって！　うちはただでさえ手狭なのに、もう一人住まわせる余裕なんてねえよ」

「妾《わらわ》もこれ以上狭くなるのは御免じゃが、このまま家臣をホームレスにさせておくのものう」

サラが言うと、惣助《そうすけ》は驚き、

「あんた今ホームレスなのか!?　道理でちょっと臭いと……。でもまあ、異世界人がこっちの世界に来ちまったら普通はそうなるのか……」

「のう惣助、こうなったらリヴィアも探偵事務所で雇うのはどうじゃ？　人手はいくらあっても困らんじゃろ」

「そりゃそうだが、新しく人を雇う金なんてねえよ」

渋い顔をする惣助にリヴィアは、

「ここに住まわせていただけるのなら、お給金は必要ありません！　ぜひ某《それがし》を雇っていただきたい！」

惣助の目を見て真《ま》っ直《す》ぐに訴えると、彼は深いため息をつき、

「ずっと住むってのはお断りだが、住むところが見つかるまではここにいていい。寝床は事務所のソファになるけどそれでもいいか？」

「もちろんです！　なんなら床に段ボールを敷くだけでかまいません！」

「事務所で段ボール敷いて寝られたら俺が困るわ！」

目を輝かせて答えたリヴィアに、惣助がツッコんだ。

こうして、異世界人リヴィア・ド・ウーディスも、主君サラと同じく鏑矢《かぶらや》探偵事務所の一員となったのだった。

10月12日　20時14分

サラと再会を果たしたリヴィアは、鈴木《すずき》に報告とお礼、そして別れの挨拶《あいさつ》をするため、再び橋の下へと戻ってきた。

捜し人が探偵事務所にいたというまさかの展開を聞いた鈴木は、心の底からおかしそうに笑った。

鏑矢探偵事務所で住み込みで働くことになったことも伝え、

「鈴木殿、これまで本当にお世話になりました」

荷物を持ち、リヴィアは深々と頭を下げた。すると鈴木はどこか照れくさそうに、

「礼なんて必要ない。俺も、その……あんたと会えて楽しかったよ」

そんな鈴木にリヴィアは微笑《ほほえ》み、

「では、名残惜《なごりお》しいですがこれにて」

「……ああ。もうホームレスにならないように頑張ってな」

「はい！」

リヴィアは鈴木《すずき》に背を向けて歩き出し、ふと足を止めて振り返る。

「ん、どうした？」

「鈴木殿。あなたが何故《なぜ》ホームレスになったのかは存じませんが、まだ帰れる場所があるのなら、某《それがし》はやはり帰るべきだと思います」

その言葉に鈴木は虚を衝《つ》かれた顔をしたのち、苦笑いを浮かべ、

「余計なお世話だと言いたいところだが……異世界から来た女騎士に言われると、なかなか心に刺さるものがあるな」

「ふっ、そうでしょう」

再び踵《きびす》を返し、リヴィアは早足で主君の待つ鏑矢《かぶらや》探偵事務所に向かうのだった。

ホームレス女騎士アフター

10月12日　20時23分

まるで異世界から来た女騎士のような、おかしなホームレスが橋の下を去ったあと。

鈴木と名乗っていた男も、立ち上がって歩き出した。

男はかつて小説家だった。

十年ほど前、彼の書いた小説が大ヒット。テレビアニメや映画にもなり、一生働かなくても余裕で暮らせるほどの大金を手に入れた。

しかし、一躍時の人となった彼のもとに訪れたのは、幸せではなかった。

彼を妬《ねた》む者たちによる誹謗中傷《ひぼうちゅうしょう》。

顔も見たことのない親戚や、話した記憶もない同期生からの金の無心。

クオリティなんてどうでもいいからとにかく新刊を出せという出版社からの圧力。

すべてに嫌気がさした彼は、住んでいた東京のマンションに通帳もスマホも何もかも置いたまま、ここ岐阜の街でホームレスとなったのだ。

公園に行き、男は公衆電話に十円玉を入れて電話をかけた。

相手は、鳴かず飛ばずだった彼を根気よく育ててくれた、初代担当編集だ。彼の作品が成功するのを見届けたあと、会社を辞めて独立し、自ら小さな出版社を立ち上げた。

電話がつながる。

『はい？』

「……ご無沙汰《ぶさた》しております、鈴切《すずきり》です」

『え、ええ!?　鈴切さん!?　え、ほんとに!?　い、今どこにいるんですか!?』

「岐阜です」

『岐阜!?　岐阜ってどこでしたっけ……と、とにかく無事だったんですね!?』

「まあ、どうにか元気で生きてます。それより、新しい企画の持ち込みをしたいんですが、近々お時間いただけませんか」

『え？　あ、はい、それはもちろん！　いつでも来てください』

「ありがとうございます。では東京に戻ったらまたご連絡します」

『は、はい。お待ちしてます。しかし急ですね。なにがあったんですか？』

鈴木《すずき》――小説家、鈴切章《あきら》は小さく笑って答える。

「まだ帰れる場所があるうちは、足掻《あが》いてみようと思ったんです」

この数ヶ月後。

鈴切章の新作『ホームレス女騎士』は、逆境にもめげずひたむきに頑張る魅力的な主人公と、作者自身のホームレス経験を生かしたリアルな描写が評判となり、前作を超える大ヒットを記録することになる——。

10月16日　15時37分

リヴィアが鏑矢《かぶらや》探偵事務所に入って四日後のこと。

「……とても言いにくいんだが、君をクビにする」

惣助《そうすけ》はリヴィアに解雇を宣告した。

「クビ!?　ざ、斬首《ざんしゅ》ということですか!?」

「ちげえよ！」

ファンタジー脳の物騒な発言にツッコみつつ、

「解雇……君をうちで雇うのをやめるってことだ」

「な、なぜですか！　某《それがし》が何をしたと!?」

問い糾《ただ》してくるリヴィアに、惣助は半眼になり、

「何をしたもクソもねえよ。君は探偵に向いてなさすぎる」

「クッ……！」

さすがに自覚はあったようで、リヴィアは小さく呻《うめ》いて押し黙る。

この四日間、探偵の訓練のため、リヴィアに街で適当に選んだ通行人を尾行させてみたのだが、結果はまったく駄目だった。

原因は明らかで、とにかくリヴィアは目立つ。風景に埋没《まいぼつ》することがどうしてもできない。

彼女がちらっと視界に入るだけで、誰もが注目してしまう。

どんな地味な服を着ても、眼鏡やサングラスを掛けても、美しい銀髪や完璧すぎるスタイルは隠せないし、それでも頑張って顔や体格を隠そうとすると今度は服装が不自然すぎて目立ってしまう。

誰もが振り返るほどの美貌《びぼう》は、追跡や張り込みを主業務とする探偵にとってはマイナスでしかないのだ。これればかりはいくらスキルを磨いてもどうにかなるものではない。

異世界人だが、サラのように姿を消したり空を飛んだりといった探偵向きのチート能力も使えないという。

体力はあるようなので人捜しなど純粋な人海戦術であれば役に立つかもしれないが、小さな探偵事務所に人捜しの依頼など滅多に来ない。ついでに記憶力があまり良くないらしく、対象の顔を覚えられずに見失ってしまうこともたびたびあった。見間違わないよう人の顔をはっきり記憶するのは探偵の必須スキルで、それができないとなると人捜しすら不向きである。

「まあ人には向き不向きがあるからのー。仕方あるまい」

サラにそう言われ、リヴィアは「姫様まで……」と肩を落とした。

「そういうわけだから、うちで働くのは諦《あきら》めてくれ。仕事と家探しには協力してやるから」

「その必要はありません！」

キッと惣助《そうすけ》を睨《にら》み、リヴィアは声を張り上げた。

「え？」

「某《それがし》にも意地があります！　姫様が働いておられるというのに、のうのうと居候《いそうろう》の立場に甘んじるわけにはまいりません！」

「お、おう……じゃあどうするんだ？」

「仕事も家も、某が自分の力で手に入れてみせます！　ですから惣助殿、それまで姫様のことをお頼みします……！」

決意の籠《こ》もった眼差《まなざ》しでそう告げると、リヴィアは刀だけを持ってそのまま事務所を飛び出して行ってしまった。

「大丈夫なのか……？」

「まー死にはせんじゃろ」

サラは気楽な声でそう言った。

10月16日　16時12分

というわけで鏑矢《かぶらや》探偵事務所を飛び出したリヴィアは、またしても橋の下に戻ってきた。

しかし鈴木《すずき》の姿はなく、彼が使っていた段ボールや生活用品、食料品などもすべてなくなっていた。

(鈴木殿……自分の居場所に戻られたのですね)

胸に熱いものがこみ上げる一方で、同時に寂しさも襲ってくる。

頼れる仲間がいなくなり、これからは本当に一人で生活しなければならないのだ。

仕事と家を手に入れ、胸を張ってサラを迎えに行けるその日まで——。

リヴィアのホームレス生活は、まだ始まったばかりだ!!

CHARACTER

SALAD BOWL
OF
ECCENTRICS

リヴィア NAME

ジョブ:ホームレス
アライメント:善／秩序

STATUS

体力:100
筋力:100
知力: 32
精神力: 96
魔力: 19
敏捷性:100
器用さ: 74
魅力: 94
運: 17
コミュ力: 42

はじめてのおしごと

10月17日　14時21分

リヴィアが鏑矢《かぶらや》探偵事務所を飛び出していった翌日の昼下がり。

惣助《そうすけ》は依頼人から呼び出され、サラとともに車でそこへ向かった。車は黒いトヨタ・ヴィッツ（中古車）。

サラを連れて行くかは迷ったが、今回の依頼人は常連客なので紹介しておいたほうがいいと判断した。

訪れたのは市内にある六階建てのマンション。来客用の駐車場に車を停め、中に入る。

エントランスの扉横のインターフォンに「６０４」と入力して呼び出しボタンを押すと、スピーカーから『はい』と女の声が聞こえた。

「鏑矢です」と惣助が言うと、『お待ちしておりました』と扉が開いた。

「おおー」

中に入り、他人のマンションを訪れるのが初めてのサラが歓声を上げた。

「オートロック！　床もピカピカ！　ここはいわゆる高級マンションというやつじゃな？」

「築浅だがべつに高級ってわけでもないぞ。というか、岐阜だと富裕層は大抵マンションじゃなくて一軒家を買うから高級マンションの需要自体がほとんどない。岐阜駅周辺でも家賃マックス二十万いかないいんじゃねえかな」

惣助の説明にサラは「なるほどのー」と頷《うなず》き、そして悲しむような目を向けた。

「な、なんだよ？」

「いやなに……家賃相場の安いこの地でさえボロ部屋に住まねばならんということは、うちはやっぱり貧乏なんじゃのーと改めて思ったまでじゃ」

「ボロ部屋とか言うなよ事実でも悲しくなるだろ。それに俺の部屋だって家賃が安い以外にもいいところはある」

「ほう？」

「一階が喫茶店」

「たしかに！　毛利《もうり》探偵事務所のようじゃ！」

「他にも候補の物件はあったんだが、ぶっちゃけそこが決め手になった」

大家でもある喫茶店『らいてう』のマスターやバイトの子には世話になっているし、駐車場も無料で使わせてもらっている。本当にボロい以外はいい物件なのだ。

そんな話をしながらエレベーターで六階に上がり、目的の部屋――６０４号室へ。部屋の表札には『愛崎《あいさき》弁護士事務所』と書かれている。

チャイムを鳴らすと、扉を開けて一人の女性が姿を現した。

二十代半ばの、理知的な雰囲気の美人で、まるで漫画などに出てくる執事キャラのような燕《えん》尾服《びふく》を纏《まと》っている。彼女が依頼人——ではなく、ここの事務員の盾山《たてやま》だ。

「お疲れ様です、鏑矢《かぶらや》様」

「お疲れ様です」

惣助《そうすけ》が挨拶《あいさつ》を返すと、盾山は惣助の横に立つサラに視線を向ける。

「こちらのかたは?」

「助手のようなものです」

「左様《さよう》でございますか」

表情を変えず淡々とそう言って、それ以上突っ込んでくることなく盾山が惣助とサラを家に上げる。

靴を脱いでスリッパに履き替え、盾山のあとに続いて廊下を歩く。廊下には高そうな絨毯《じゅうたん》が敷かれ、壁にはジェロームの『アレオパゴス会議の前でのフリュネ』が飾られている。

惣助の事務所と同様、ここも居住用の部屋を事務所として使っているのだが、惣助と違って金銭的な理由ではなく、「事務所に土足で入られるのが嫌」とのことらしい。盾山の履いているのも黒いルームシューズで、微妙に燕尾服と合っていない。

盾山が部屋のドアを開け、「どうぞ」と惣助を促す。

広さは八畳ほど。照明、ソファ、テーブル、デスク、書棚、いずれもアンティーク調で統一され、何となくヨーロッパの貴族の屋敷を思わせる。

「ほむ、なかなかよい趣味をしておる」

内装が好みに合ったらしく、サラがそう言うと、

「くふふ……お褒《ほ》めにあずかり光栄よ。可愛《かわい》いお嬢さん」

部屋の奥で椅子に座っていた人物が愉《たの》しげな笑みを浮かべた。

この部屋の雰囲気に似合う白いドレスを纏った、十代半ばほどの少女に、、、見える。

白い肌に赤い髪、青い瞳。身長はサラより少し高いくらい。

「そなたはこの家の娘かの？」

サラが訊《たず》ねると、彼女はからかうような笑みを浮かべた。

「この人が弁護士の愛崎《あいさき》ブレンダさん。今回の依頼人でうちのお得意様だ」

惣助が教えると、サラが目を丸くする。

「なんと!?　まだ子供ではないか」

「くふふ、子供だけど天才だから弁護士をやっているのよ」

「なんと……そのようなことができるのじゃな……」

「できねえよ」

ブレンダの言葉を真に受けているサラに惣助が言うと、

「あら、司法試験予備試験には年齢制限がないから、子供が弁護士になることも理論的には可能よ」

「そうなのか？　でもどっちにしろアンタは違うだろ。サラ、この人は子供に見えるが俺より年上だ」

「なんじゃと!?　黒の組織……まさか実在しておったとは……！」

「別に謎の薬飲まされて子供に戻ったわけじゃねえよ」

戦慄《せんりつ》しているサラに惣助《そうすけ》はツッコんだ。そこでブレンダが、

「それで惣助クン。その子は何者なのかしら。さては困窮《こんきゅう》のあまり、ついに誘拐《ゆうかい》に手を染めてしまったのね？　弁護士なら紹介してあげるから自首することをお勧めするわ」

「誘拐なわけねえだろ。ていうかあんたが弁護士だろ」

「くふふ、ボケに対して律儀《りちぎ》に全部ツッコんでくれるから惣助クン好きよ」

愉快そうに笑うブレンダに、サラが「わかるー」とコクコク頷《うなず》いた。

惣助は小さく嘆息したあと、

「こいつはサラ。スウェーデンからの留学生なんだが、ステイ先だった俺の知り合いの家が火事で燃えちまって、国の両親も世界一周旅行中で留守だから、しばらくうちで預かることになった」

「あら……それは大変だったわね」

ブレンダはサラに気の毒そうな目を向けた。

「なに、こういう思わぬ災難も旅の醍醐味《だいごみ》というものじゃ」

「ステイ先がなくなるのって割と致命的なトラブルだと思うのだけど……大したメンタルね」

「うむ。妾《わらわ》、災難には慣れておるゆえ」

笑みを浮かべて答えるサラに、ブレンダは微苦笑を浮かべ、

「それにしても、随分《ずいぶん》変わった喋《しゃべ》り方ね」

「こいつはアニメや漫画で日本語を覚えたから、喋り方もそれに影響受けてるんだ」

惣助《そうすけ》が言うと、ブレンダは納得顔で、

「ああ、たしかにそういう外国人は多いわね。アナタはどんな作品が好きなのかしら？」

「名探偵コナンじゃ」

「あの漫画にそんな口調のキャラクターなんていたかしら？」

「阿笠《あがさ》博士がおるじゃろ」

「阿笠博士の一人称は妾じゃないでしょうに」

「コナン以外にもいろいろ影響受けてるんだよ」

これ以上この話題を続けるとボロが出そうだったので惣助はフォローを入れ、

「ともかく、こいつにも仕事を手伝ってもらうことになったから、宜しく頼む」

「この子に探偵の仕事を……？」

「うむ。コナン君のような名探偵目指して頑張るのじゃ」

ブレンダはサラの顔をまじまじと見つめたあと、惣助に疑惑の目を向ける。

「正気なの？」

「まあ、一応な。これでも意外と探偵の才能があるんだ」

「ふうん……。まあ惣助クンが認めてるならそれでもいいけれど、くれぐれもうちの仕事に支障が出ないようにして頂戴《ちょうだい》ね」

なおも疑わしげな顔のブレンダに、惣助は「わかってる」と頷《うなず》き、

「それで、今回の仕事について聞かせてもらおうか」

ソファに座った惣助とサラの前に、「どうぞ」と事務員の盾山《たてやま》が飲み物を持ってくる。

惣助にはホットコーヒー、サラにはカルピス。

「カルピスで宜しかったでしょうか？」と訊《たず》ねる盾山に、

「ほむ、気が利くのう」

サラがそう言って遠慮なくカルピスを飲み始める。

「うむ、美味《うま》い！　味が濃い！　さてはこれがお金持ちの家のカルピスじゃな！」

上機嫌に笑うサラを見てブレンダは少し苦笑を漏《も》らしたあと、依頼の内容を話し始める。

「依頼は毎度おなじみ、離婚調停のための身辺調査よ」

離婚調停——夫婦間の話し合いで離婚条件（親権、慰謝料、財産分与など）の折り合いが

つかなかったり、片方が離婚を受け容《い》れない場合などに、家庭裁判所に調停を頼むことである。離婚調停でも合意が成されなかった場合、離婚裁判に進むかを検討する。ちなみに日本では原則として、調停を経ずにいきなり裁判をすることはできない。

「調査期間はとりあえず明日から一週間ね。調査対象の名前は下村有希《しもむらゆき》、三十四歳、女性、専業主婦」

「ってことは、あんたに依頼したのは夫のほうか」

「ええ。下村和也《かずや》、三十五歳。離婚したいけど妻が受け容れてくれないため、家裁に調停を申し出る予定。離婚を希望する理由は性格の不一致。毎晩のように喧嘩《けんか》になるそうよ」

「それほど仲が悪いのに、なにゆえその女は離婚を受け容れんのじゃ?」

首を傾《かし》げるサラに、

「それは彼女本人に聞かないとわからないけれど、恐らく夫がお金持ちだからでしょうね。実家が資産家で本人も銀行員なのよ」

「身も蓋《ふた》もないのう」

サラがげんなりした顔をする。

「ちなみに子供はいるのか?」と惣助《そうすけ》。

「いないわ」

ブレンダの答えに少し安堵《あんど》する。

仲が悪いまま夫婦生活を続けるにしても離婚するにしても、基本的に子供にとっていいことはない。それを気にしなくていいのは精神的にかなり助かる。

「そもそもその妻を調べてどうなるのじゃ？」

「妻を調査して、依頼人が有利になるようなネタを見つけろってことだよ」

サラの問いに惣助が答える。ブレンダは頷《うなず》き、

「性格の不一致というのは当事者以外が理解することが難しいから、一方が離婚を望んでいても裁判所はまずは和解を勧めてくることが多いわ。だから『いかに夫婦仲がうまくいっていないか』という証拠を集めることで、依頼人の希望に添う方向で調停が進むようにするのよ。依頼人にも喧嘩の内容を細かく記録しておくように頼んであるのだけど、惣助クンには妻が毎日遊び歩いてるとか浪費癖があるとか、そういう付け入る隙《すき》を見つけてもらえると助かるわ。もし不倫でもしてくれていたら超ラッキーというところね」

「そうまでして離婚させる必要があるんかの？　和解できるならそれもよいのではないか？」

「弁護士に依頼したという事実そのものが、彼の決意が固いことの証明よ。そんな状態で結婚生活を続けても夫婦ともに不幸なだけだわ。それなら綺麗に別れさせて、二人が新しい人生を歩めるように手伝ってあげるのがワタシの仕事よ」

「そーゆーもんかのう」

言い切るブレンダに、サラは釈然としない顔を浮かべた。

「一週間調べても何も出てこなかった場合はどうする？」

惣助《そうすけ》が訊《たず》ねると、

「それならそれで仕方がないわよ」

ブレンダはどこか意味深に笑ってそう答えた。

その後、調査対象の写真や住所、その他の情報をまとめた資料をブレンダから受け取り、惣助とサラは愛崎《あいさき》弁護士事務所をあとにする。

「そなた、あの弁護士とは長い付き合いなのかや？」

車の助手席でサラが訊ねてきた。

「あー……かれこれ三年以上になるな」

惣助が前の事務所にいた時に仕事で知り合い、独立したあとも仕事を回してくれる。惣助の収入源の大半が彼女の依頼と言っても過言ではない。

「弁護士が探偵を使うのはよくあることなんかの？」

「まあな。……尾行やら張り込みってのは、軽犯罪法や条例に触れる可能性があるんだが、探偵は探偵業法でそれを許されてる。弁護士が法律に違反すると『弁護士の品位を損なった』ってことで懲戒《ちょうかい》の対象になるから、泥臭い仕事は探偵に回すんだ」

「なるほど」

「逆に探偵には手に入れにくい個人情報を、弁護士なら弁護士会照会や職務上請求って方法で合法的に調べられることもあるから、探偵が依頼人に弁護士を紹介することもある」

「ほーん。持ちつ持たれつなんじゃの」

惣助の解説に、サラは感心したように言った。

10月18日　7時11分

翌朝。

惣助とサラは車で調査対象の下村有希《しもむらゆき》および、その夫・下村和也《かずや》の住居へと向かい、少し離れた道路の脇に車を駐《と》め、車内から玄関を見張る。

下村夫婦の家は広い庭のある立派な邸宅で、駐車場にはクラウンとアクアが停まっている。隙間のない高いフェンスに囲まれ、フェンスの上からさらに高い庭木が頭を覗《のぞ》かせている。道路側から家の中を覗くのは不可能だろう。

「なんかわくわくしてきたのう」

後部座席から身を乗り出してサラが言う。

「おい、あんまり前に出てくるな」

リヴィア同様サラも、ちょっと視界の隅に入るだけで注目を集めてしまうほど目立つ容姿をしている。車の後部座席のサイドガラスとリアガラスは外から見えにくいようになっているが、フロントガラスと前側のサイドガラスは透過率70%以上と決められており、助手席にサラが座ると目立ってしまうのだ。

一応、比較的おとなしめの服装かつ帽子をかぶっているのだが、焼け石に水だろう。

「透明になる魔法ってのがあるんだろ？　ずっと透明のままでいることはできないのか？」

「あー、あれなー」

そう言いながらサラは右手を惣助《そうすけ》のほうに伸ばし、

「ほれ」

サラの右手から肘《ひじ》までが見えなくなった。

「うおっ!?　気持ち悪っ！」

聞いていたとはいえ実際に見るとやはり衝撃が大きく、思わず素直な反応をしてしまった惣助に、サラは心外そうに唇を尖《とが》らせる。

「たわけ。気持ち悪いはないじゃろ」

同時に、惣助の肩に軽く叩《たた》かれたような感触があった。どうやら見えなくなった手で叩かれたらしい。

「ああ、いや、すまん……。いやでもほんとにすげえな……。腕だけじゃなくて、全身消すこともできるのか？」

「できるが、この術には重大な問題があるのじゃ」

「重大な問題？」

「うむ。この術は光を曲げる膜のようなもので覆うことで外側から見えないようにしておるのじゃが、顔まで覆うと妾《わらわ》からも外側がなんも見えんくなる。見えるように顔だけ出すと……こうなる」

「こわっ!?」

　サラの首から下が全部見えなくなり、生首が浮いているような状態になった。

「ガオー。お～ば～け～じゃ～ぞ～」

　サラが白目を剝《む》いて言った。

「なんでお化けの鳴き声がガオーなんだよ。でもマジで不気味だからやめろ」

　惣助が言うとサラは素の表情に戻り、

「ちなみに目以外をギリギリまで隠すと……ほれ」

　何もない空間から、二つの金色の瞳が惣助を見ている。見えている範囲が小さいぶん、生首状態よりはマシだが、それでも十分にホラーだ。

「あとなー。この術に限ったことではないんじゃが、魔術を長時間発動させ続けるのはめっちゃ疲れるんじゃよ」

　サラの姿が元に戻った。

「……姿が見えなくなるけど自分からも見えなくなる上に、ずっと見えないままにしておくこともできないってことか」

「左様《さよう》」

それでも凄《すご》い能力だし役に立つ局面はいろいろ想像できるが、これさえあれば尾行や張り込みが楽勝になるというわけでもないようだ。

「あれ？　だったらこないだ俺を尾行したのはどうやったんだ？」

先日、サラは竹本幸司《たけもとこうじ》を尾行する惣助《そうすけ》を尾行し、廃倉庫までやってきた。いくらなんでもあんな目立つ格好で尾行されたら惣助が気づかないわけがなく、てっきり魔術で姿を消してきたものとばかり思っていたのだが……。

「あのときは普通にそなたのスマホの位置を追跡しただけじゃが。妾《わらわ》のスマホ、そなたのお古じゃからアカウント共有しとるからの」

「そんな普通の方法だったのかよ……」

魔術が得意な異世界人だから、尾行にも魔術を使ったに違いないと思い込んでいたが、よく考えたら尾行なんてしなくても惣助の居場所はサラにバレバレだったのだ。

サラはドヤ顔で、

「なにごとも思い込みはよくないぞよ。探偵たるもの、先入観を捨て常に冷静に真実を見極めるのじゃ」

「うぐ……」

悔しいが反論の余地はなく、惣助は苦い顔で呻《うめ》いた。

と、そのとき下村《しもむら》邸の玄関から一人の男が出てきた。ブレンダの依頼人、銀行員の下村和也《かずや》だ。

彼は、惣助たちが自分の妻を調べ始めたことを知らない。彼の口から調査対象に探偵の存在がバレて、警戒される危険があるからだ。ブレンダによれば、弁護士に離婚の相談をしたことも妻には秘密にしておくよう言い含めてあるらしい。

駐車場から、下村和也の乗ったクラウンが発車する。

（クラウンかー……。羨《うらや》ましいな）

下村和也の年齢は三十五歳。惣助は二十九歳だが、自分の現状ではあと六年でクラウンが買えるようになる可能性はゼロに近い。

（ま、そもそも探偵に高級車なんて必要ないから、金があっても買わないけどな！）

負け惜しみのようにそう思い、惣助は遠ざかっていくクラウンを見送った。

１０月１８日　８時２９分

下村和也《しもむらかずや》が出社したあと、車の中から下村邸の玄関を見張ること一時間。

「たいくつー」

後部座席でサラが寝転がって欠伸《あくび》をした。

「張り込みってのは退屈なもんなんだよ」

通行人に怪しまれないようスマホをいじっているフリをしながら、視線は玄関から外さずに惣助《そうすけ》が言う。

いつ動くかもわからない、動くかどうかすらわからない調査対象を、ひたすら待つ。地味だが体力と精神力を要する仕事なのだ。

「ゲームでも持ってこればよかったのう」

「遊びじゃねえんだぞ」

サラの発言を注意する。

惣助としては、サラという話し相手がいるだけで普段の張り込みよりも格段に楽なのだが、慣れてないサラが退屈なのはよくわかる。

「……まあ、べつに寝っててもいいし、飽きたら家に帰ってもいいぞ」

「むーん……」

サラは少し考え、むくりと起き上がる。

「いや、頑張る。妾《わらわ》、本気で名探偵目指しておるので」

「そうか」

サラの答えに、惣助は小さく笑う。

それからさらに一時間、午前九時半過ぎ。

ついに玄関から、調査対象の下村有希《ゆき》が姿を現した。

「おおっ！　マルタイが出てきたぞよ」

サラが歓声を上げて身を乗り出す。

「バカ、騒ぐな」と注意し、惣助は対象の動向を見守る。

ちなみに「マルタイ」とは調査対象を示す探偵用語で、警察の使っている隠語がそのまま流用されている。

他にも警察由来の探偵用語はいくつかあるのだが、これはそもそも、追跡、張り込み、聞き込みなど、警察や諜報《ちょうほう》機関が行っていた業務を民間で請け負い始めたのが、惣助たち「私立探偵」という職業の起源だからだ。

日本ではもともと、巡査や刑事など捜査活動をする者が探偵と呼ばれていたのが、私立探偵の登場により「探偵」とは基本的に「私立探偵」を指すようになり、警察に所属する者を探偵とは呼ばなくなった。

ともあれ玄関から出た下村《マルタイ》は、駐車場に向かいアクアに乗り込んだ。どうやらどこかへ出かけるらしい。

惣助《そうすけ》もエンジンをかけ、車庫から発車したアクアのあとを少し離れてついていく。

車での尾行は徒歩よりも難しい。

まず大前提として、尾行に夢中になるあまり交通事故を起こしたら元も子もないので、尾行対象の車だけでなく周囲に気を配る必要がある。

同じ車がずっと後ろにいることに気づかれると対象に不審を抱かれるため、基本的には複数の車でスイッチしながら後を追うのだが、惣助の場合はそれができない。そのため、見失うリスクを覚悟した上で他の車を間に挟んだり、車線を変えたりして、可能な限り対象に注目されないようにする。

また、信号待ちの間に眼鏡をかけたり帽子をかぶったり違う色の上着を着たりして外見の印象を変え、運転手の印象を分散させる。

後ろを走っている車の運転手の顔を普段から明瞭《めいりょう》に認識している人間などそうそうおらず、特に惣助のような印象の薄い顔立ちの場合、ちょっと格好を変えるだけで別人だと思ってもらえるのだ。

とはいえ、それが外国人の美少女と一緒となると印象は一気に強くなる。

「サラ、お前は絶対に見られるなよ」

「わかっておる」

座席の背もたれから少しだけ顔を出して、サラは楽しげに答えた。

「どこに行くんかのー。尾行されておるとも知らず……ふひひ」

悪戯《いたずら》っ子のように目を輝かせるサラに苦笑しつつ、

「あんまり期待するなよ。多分普通に買い物か何かだろ」

そして車を追いかけること十分弱。

惣助の予想どおり、下村《しもむら》が車を停めたのはスーパーの駐車場だった。

「ほらな」

「むー」とサラが不満げな顔をする。

「何かあるとも思えんが、報告書に書く必要があるから一応俺は店内でも追跡する。お前は車で大人しくしてろよ」

「ではついでに飛騨牛《ひだぎゅう》を買ってくるのじゃ」

「この時間だと値引きされてねえから無理」

「ならお菓子」

「菓子なら後ろに入ってるから好きなの食ってろ」

張り込みは長時間になることが多いので、前もってパンや飲み物を用意し、車には保存のきく菓子やブロック栄養食を常備している。

「それを先に言わんか」

さっそく座席の後ろを漁《あさ》り始めるサラを横目に、惣助はエコバッグを持ち、下村を追ってスーパーに入る。

適度に人が多く、隠れられる場所も多いので、スーパーでの尾行は比較的やりやすい。下村《しもむら》を見失わないようにしつつ、店員や他の客に不自然だと思われないよう買い物かごにカップ麺《めん》やペットボトルのお茶を入れる。

下村は店内を回って肉や野菜、ビールや菓子などをかごに入れ、レジに並んだ。やはりというか専業主婦が普通に買い物をしただけで、特筆すべきことは何もなかった。惣助《そうすけ》も下村と同じタイミングで会計し、車に戻る。

「なんかあったかの?」

おにぎりせんべい（西日本を中心に古くから愛されているお菓子。美味《うま》い）をバリバリ食べながらサラが訊《たず》ねてくる。

「なんにも」

短く答えてエンジンをかけ、駐車場から発車した下村の車を追跡する。

進む方向は来た道と逆で、予想どおり彼女は自宅に帰ってきた。

惣助も下村邸から少し離れた場所に車を停め、張り込みを再開するのだった。

10月18日　13時7分

下村有希《ゆき》がスーパーから家に帰ってきて、三時間近くが経過した。

惣助とサラは車の中で昼食におにぎりや総菜パンを食べ、引き続き下村邸を見張っていた。

「う～む……」

お腹が満たされて集中力も切れたらしく、サラは目を半分だけ開けて身体をゆらゆらさせている。ただでさえ眠くなりやすい時間帯で、しかも何もすることがないとくれば、張り込み初心者のサラには相当つらいだろう。

「眠かったら寝てもいいんだぞ」

「寝にゅぞよ……いざとなれば眠気覚ましの魔術を使うまで……」

「そんなのもあるのか」

「じゃがあれは、妾《わらわ》には効き過ぎて夜も寝れんくなるのじゃ……」

「コーヒー飲みすぎて眠れなくなるみたいなもんか」

「うみゅ……」

半眼のまま首を振るサラに苦笑し、

「ほんとに無理はしなくていいんだぞ。張り込みは普通複数人でやるもんだが、それは交代で休みながら見張るためだ。一人が寝るのは全然悪いことじゃない」

「おぉ、にゃるほどー……ではそーすけ、そなたが寝るときは妾が見張ってやるゆえ、妾はしばしねみゅ——むんぬ？」

サラが目をさらに細めた。

「ん……？」と惣助《そうすけ》も目を眇《すが》める。

下村《しもむら》邸の前に、一台の軽トラが停まって、三十歳くらいの男が出てきた。軽トラの上には梯《はし》子《ご》が積まれており、男は梯子を下ろして片腕で抱えると、インターフォンを鳴らして下村邸の敷地内へと入っていく。

「ああ、あれは造園業者だな」と惣助。

「ブレンダさんからもらった資料によると、マルタイは庭造りに凝《こ》ってて、定期的に業者を呼んでるらしい」

「たしかに、庭に高い樹もあるのう……」

サラはつまらなそうに言って、大きなあくびをした。

「では惣助、妾《わらわ》は一時間ほどお昼寝するゆえ……」

「ああ、おやすみ」

スマホのタイマーをセットし、サラは座席で横になって目を閉じた。しばらくすると寝息が聞こえてくる。バックミラー越しに見えるサラの寝顔はあどけなく、純粋に可愛《かわい》いだけの普通の子供のように思えた。

サラが眠ったあと、惣助は一人で玄関先の見張りを続けるも、下村が姿を現すことはなかった。

そうこうしているうちにサラのスマホのアラームが鳴り、サラが目を開ける。

「うむ、目覚めすっきり」

むくりと起き上がり、軽く伸びをするサラ。

「……して、何か進展はあったかの？」

「何もねえよ」

「左様《さよう》か……」

小さくため息をつき、サラが下村邸に視線を向ける。

「造園業者もまだおるようじゃな」

「ああ。……いや待てよ？」

少し違和感を覚え、惣助は眉を寄せる。

「どうしたのじゃ？」

「業者が中に入って一時間経《た》ってのに、庭の樹に全然変化がないし、庭師がフェンスの上から姿を見せることもなかった……」

「べつに樹の剪定《せんてい》だけが庭師の仕事でもあるまい」

「それはそうだが、あの庭師は梯子を持って中に入った。見たところ高い樹はフェンス越しにあるやつだけだから、梯子を使うならあの樹の剪定が目的だと思うんだが……」

「剪定《せんてい》の前に別の作業をしとるのでは？」

「ああ、もちろんその可能性もある。というか多分そうだと思うんだが……」

「それでも何か気になる、と？」

「まあ、そうだ。ほんとに何となくなんだけどな」

頷《うなず》く惣助《そうすけ》に、サラは「ほむ」と少し考え、

「それはいわゆる『探偵の勘』というやつかもしれんぞ」

「かもな。けど、もし俺の勘が正しかったとしても証明する手段がないんだよな……」

高いフェンスと高い樹に遮《さえぎ》られ、庭の様子を覗《うかが》うことはできない。

宅配業者などを装って敷地内を見ることは可能かもしれないが、顔バレのリスクが大きいのでよほどの確信がなければ使えない手段だ。

「庭で業者が作業しておるか確認するだけなら、可能じゃぞ」

「え？」

訝《いぶか》る惣助に、サラは「ちょっと待っておれ」と車のドアに手をかけた。

「おい、外に出る気か？　誰かに見られたらどうする」

「べつに妾《わらわ》を見られたところで外国人の子供が歩いとると思われるだけで、探偵が調査しとるとわかる人間なんぞおらんじゃろ」

「それはたしかに……」

調査対象にさえ認識されなければ、サラが一人でいるところを通行人に見られること自体は問題ない。

「うむ。じゃから任せておけ」

そう言って、サラは惣助が止める間もなく車から出て行ってしまった。

（なにをするつもりだ……？）

トテトテとサラが小走りで下村《しもむら》邸に近づいていく。

フェンスの前に到着したサラは、きょろきょろと周囲を見回し、惣助以外誰も見ていないことを確認すると——飛んだ。

跳躍ではなく、金色の髪をなびかせ、完全に重力に逆らって宙に飛んでいる。

フェンスの高さを軽く超え、樹の高さすら超えたサラは、敷地を一瞥《いちべつ》したあと持っていたスマホを何やらいじり、何事もなかったかのように地面に着地。

再びトテトテとこちらに駆けてきた。

「ただいま」とサラが車の中に入ってくる。

「お、おう……お帰り」

空を飛ぶ術が使えるということは聞いていたものの、非常識な方法を目の前で見せられるとやはり衝撃が大きい。啞然《あぜん》としたままサラのほうを振り向く惣助。

と、そこでサラの顔が真っ赤になっていることに気づく。

「お前、なんか顔がすごい赤いぞ?」

「う、うむ……」

惣助《そうすけ》から目を逸《そ》らしながら、サラはスマホを差し出してきた。

「若奥様のクロコダインを植木屋がボラホーンしておった……」

顔を赤らめ少し泣きそうな顔で言うサラ。

惣助は怪訝《けげん》に思いながらサラからスマホを受け取り、その画面を見て絶句する。

「こ、これは……」

庭に面した部屋の中で、裸の下村有希《しもむらゆき》と同じく裸の造園業者の男がお楽しみの様子が、バッチリ写っていた。下村はガラス戸に両手をついて立っており、顔まではっきりとわかる。行為に夢中で、空中にいるサラに気づいた様子はない。

(しかしコレは……エグい……)

大人の惣助ですら引いてしまう光景である。サラの受けたショックは計り知れない。

「ええと、まあ、うん……」

「この写真、役に立つかの……?」

サラが顔を赤くしたままどこか不安そうに訊《き》いてくる。

「あ、ああ勿論《もちろん》だ! 役に立つどころか満塁ホームラン級の証拠になる! 大手柄! 大手柄だぞサラ!」

努めて明るい口調で言う惣助《そうすけ》に、サラは「さ、左様《さよう》か」とはにかんだ。

「よし、そんじゃあブレンダさんのところに報告に行くか！」

「張り込みはもうよいのか？」

「この一枚で十分すぎる。ブレンダさんも満足するだろ」

探偵が普段不貞の証拠として提出するのは、せいぜいラブホに入っていくところかキスしている写真くらいで、行為の最中の写真を撮るなど（合法的な手段では）まず不可能だ。

「……あ、その前にちょっとだけ仕事させてくれ」

「ほむ？」

惣助は車をゆっくり動かし、下村《しもむら》邸の前——造園業者の軽トラの前で停車して車体とナンバープレートを写真に収め、少し離れたところまで進んでまた停まる。

軽トラの車両に書かれていた造園業者の名前をスマホで調べ、その番号に電話をかける。

『はい、里中《さとなか》造園です』

「あ、わたくし先日庭の手入れをしていただいた者なんですけども、そのときにお宅の社員さんがうちに忘れ物をされたみたいで。三十歳くらいの茶髪の男性だったんですけど」

『ああ、それならうちの若林《わかばやし》ですね。大変申し訳ございません』

「いえいえお気になさらず。ワカバヤシ、何さんですか？」

『耕平《こうへい》です。若林耕平』

相手に考えさせる暇を与えずに質問を投げかけ、惣助は情報を聞き出していく。

「今からお届けに上がりたいんですけども、ワカバヤシさん、今おられますか？」

『すみません、現在仕事で出ておりまして』

（……不倫相手の名前はワカバヤシコウヘイでほぼ確定、と）

名前と勤め先が判《わか》れば十分だ。住所やその他のプロフィールは、必要であれば別料金で調べることにしよう。

『戻り次第本人に取りに行かせますので、お客様のお名前を伺えますでしょうか？』

「ああいえ、すぐ近所なんで、明日にでも持って行きますよ。それではー」

『え、あの』

一方的に告げて、惣助は通話を切った。

「はー、見事なもんじゃのう」

サラが感心した顔で言う。

「依頼は下村有希《ゆき》の調査だけだから、こいつは完全にサービスだけどな。お前に特大の手柄を取られちまったから、俺もちょっとは役に立っておかないと」

「なるほど。負けず嫌いじゃのう」

そう言って笑うサラの顔は、もう赤くはなかった。

10月18日　15時22分

ブレンダに至急会いたいとアポを取り、惣助《そうすけ》とサラは車で愛崎《あいさき》弁護士事務所を訪れた。

サラが撮影した写真を見せると、ブレンダは目を見開いて、

「これは……くふっ、くふふふ、くふふふふっ……！」

ブレンダはどこか邪悪な感じでしばらく笑い続けたあと、

「まさか調査一日目でこんな決定的な証拠を手に入れてくるなんてね。お見事としか言いようがないわ」

「そりゃどうも。ちなみに相手の男は里中《さとなか》造園のワカバヤシコウヘイって名前だ。漢字はわからん」

「十分よ」

ブレンダは満足げに頷《うなず》いた。

「依頼では調査期間は一週間って話だったが、まだ続けるか？」

「いえ、もういいわ。もちろん調査費は一週間分、色をつけて払わせてもらうわ」

「そりゃありがたい。なら早速事務所に戻って報告書作って、明日持ってくる」

「ええ、お願い」

それからブレンダは再び写真に視線を向け、

「それにしても、この写真どうやって撮ったの？　かなり高い位置から撮影したように見えるのだけれど」

問われ、惣助は思考を巡らせる。

事前に調べたところ、あの近辺には下村《しもむら》邸の庭を覗《のぞ》けるような高い建物は存在しなかった。

となると、

「ドローンを使ったんだよ」

平静を装い答えた惣助に、ブレンダは納得した様子で、

「なるほど。アナタ、ドローンなんて持っていたのね」

「あ、ああ。最近買ったんだ」

「ふうん」とブレンダは意味深な微笑を浮かべた。

「それじゃ、俺たちは事務所に戻るわ」

「ええ、お疲れ様」

ソファから立ち上がり、惣助とサラは部屋を出る。

「のう」

玄関へ向かう途中、サラが廊下に飾ってあった絵画の前で足を止めた。

「どうした？」

「昨日から気になっておったんじゃが、このような卑猥《ひわい》な絵を弁護士事務所に飾るのはいかがなものじゃろうか」

大勢の男たちの前で、一人の美女が服を剝《は》ぎ取られ裸にされている絵だ。惣助《そうすけ》は気にしたことがなかったが、そう言われるとたしかにエロい。

今でこそ「芸術作品＝いかがわしいものではない」というのが常識のようになっているが、昔のヨーロッパ貴族なんかは普通にエロ目的で裸婦画を所持していたらしいし、ファンタジー人のサラからすればエッチな絵が飾ってあるようにしか見えないのかもしれない。

「この絵は裁判の絵でございます」

二人に付き添って廊下を歩いていた事務員の盾山《たてやま》が言った。

「裁判じゃと？」

「ジャン＝レオン・ジェローム作、『アレオパゴス会議の前でのフリュネ』……裁判に掛けられた美女フリュネを救うため、弁護人ヒュペレイデスが陪審員《ばいしんいん》たちの前でフリュネの衣服を剝ぎ取った場面が描かれています」

「……裁判で服を？　なにゆえ？」

「フリュネの裸身のあまりの美しさに、陪審員たちは『美の女神の使いを裁くことなどできない』と震え、彼女を無罪にしたといいます」

「登場人物全員たわけか」

サラは呆《あき》れ顔で言い放った。正直、惣助も同じ意見だった。

10月18日　15時32分

惣助とサラが愛崎《あいさき》弁護士事務所を去ったあと。

仕事部屋に戻ってきた盾山に、愛崎ブレンダは問いかける。

「廊下で何か話していたようだけれど、なんだったの？」

「飾ってあった絵をサラ様が卑猥だと仰《おっしゃ》ったので、絵の解説をしておりました」

盾山は淡々と答えた。

「卑猥……まあ、子供にはそう見えるかもしれないわね」

そう言ってブレンダは少し不満げに唇を歪《ゆが》める。

「あの絵はお嬢様のお気に入りでしたね」と盾山。

「正確には、あの絵に描かれた場面ね。非常識な手段を使ってでも勝ちにいったヒュペレイデスには、とても共感を覚えるわ」

今回の案件でも、たとえ惣助が妻が不利になるような情報を一切得られなかったとしても、ブレンダは絶対に依頼人の希望どおりの結末を勝ち取るつもりでいた。

「私としては、あまり危ない橋を渡ってほしくはないのですが」

「ワタシだって、楽に勝てるならそれに越したことはないと思っているのよ？　惣助《そうすけ》クンが不貞行為の決定的な証拠を手に入れてくれたのは助かったわ」

「そうですね。今回は珍しく役に立ってくれました」

「……別に、調査で何も出ないのが無意味というわけではないのだけど」

盾山《たてやま》の発言を聞き咎《とが》めてブレンダは言った。

何か見つかればラッキー程度の気持ちで惣助に調査を依頼し、使える情報が得られれば使い、何も得られなければ然るべき手を考える――それがブレンダの基本方針だ。

「失礼しました。たしかに、『調査したものの何も出なかった』という事実もまた、重要な情報でしたね」

「ええ、そのとおりよ」

「私としては最初から『何も出なかった場合の対応』も請け負ってくれる工作員を使えば二度手間にならずに済むのではと愚考しなくもないのですが、きっとお嬢様には深いお考えがあるのでしょう」

「もちろんよ」

まったく表情を変えずに頷《うなず》くブレンダ。

「惣助クンには今のうちに恩を売っておいて、いずれワタシの思いどおりに動く手駒に育て上げるつもりなのよ」

「左様《さよう》でございますか」

盾山はどこか冷ややかな眼差《まなざ》しを向けた。

「……何か言いたいことでも？」

「いえ、べつに。しかし、本当にいずれ鏑矢《かぶらや》様に汚れ仕事も担当させるおつもりなら、少々面倒なことになりましたね」

「そうなのよねえ……」

ブレンダは小さく嘆息する。

惣助が今日いきなり連れてきたサラという少女。あんな子供が近くにいたのでは、汚れ仕事が頼みづらい。しかも探偵の仕事を手伝わせるときた。

さすがに今回の大手柄がサラの功績なんてことはないだろうが、結果を出してきた以上は難癖をつけるわけにもいかない。

……そもそも、子供とはいえ他の女が惣助と同居しているのが気に入らない。

「まったく、困った子だわ……」

ブレンダはどこか拗《す》ねたような声音で呟《つぶや》いたのだった。

10月18日　15時47分

探偵事務所に帰る前に、惣助《そうすけ》は夕飯の買い物のため、事務所近くのスーパーに寄った。

尾行中ではないので、サラも店内に連れて行く。

張り込みをするために夕飯用のパンやおにぎりは既《すで》に買ってあったのだが、そちらは明日の朝に食べることにする。

エコバッグと買い物かごを手に、惣助は精肉コーナーへと向かう。

「今日は何を買うのじゃ？」

「そりゃもちろん……飛騨牛《ひだぎゅう》様だ」

サラの問いに少し溜《た》めを作って答え、精肉コーナーに並ぶ牛肉を指差す。

「飛騨牛！」

サラが目を見開き、惣助の指したほうに顔を向ける。

「じゃ、じゃがよいのか……？　半額どころか10％引きにすらなっておらんぞよ……？」

閉店時刻まではまだまだ時間があるため、足の早い魚介類や前日から並んでいるものを除き、値引きシールの貼ってある商品はほとんどない。

「一週間分の報酬《ほうしゅう》が一日で手に入ったから、今日は特別だ。前回は焼き肉だったから、今回はすき焼きにするか？」

「焼き肉……すき焼き……まさに究極の二択……。ぐぬぬ……ここまで迷ったのは帝都が陥落したとき潔く自害するか一縷《いちる》の望みに賭《か》けて脱出を試みるか選んだとき以来じゃ！」

「あ、ステーキ用も売ってるのか……バラ肉使って贅沢《ぜいたく》な牛丼作るって手もあるな……」

「こりゃ惣助！　これ以上妾《わらわ》を惑わすでない！　あと妾がボケとるんじゃからスルーせずにちゃんとツッコまんか」

「俺だって真剣に迷ってんだよ。半額になってない飛騨牛を買うなんて三年ぶりだからな。あと今のはボケなのかガチなのかわかんなかったからスルーしたすまん」

「むう、それなら仕方ない。死生観のコンセンサスが取れておらなんだ妾の失態じゃな。……しかしこれは本当に大変な難題じゃぞ。焼き肉、すき焼き、ステーキ、牛丼………いっそ全部食べるというのはどうじゃ？」

「駄目に決まってんだろ」

精肉コーナーの前で並んで唸《うな》っている惣助とサラに、他の買い物客や店員が奇異な視線を向けていることに、二人は気づいていなかった。

三分以上悩み抜いた結果、二人が選んだのはすき焼きだった。

焼き肉は先日食べた。ステーキ用の肉は他のより高い上に、上手に焼くのには技術を要する。飛騨牛丼は間違いなく美味《うま》いが、今回は肉自体をじっくり味わいたい。

すき焼き用飛騨牛のパックを惣助が手に取り買い物かごに入れようとすると、

「惣助《そうすけ》、飛騨牛《ひだぎゅう》様は妾《わらわ》がお運びするのじゃ」

「べつにいいけど」

惣助が飛騨牛を差し出すと、サラはそれを宝物でも賜《たまわ》るかのように恭《うやうや》しく受け取った。

「にひひ」と笑みをこぼすサラに、惣助もつられて顔がほころぶ。

それから店内を回り、白菜や椎茸《しいたけ》などすき焼きに必要なものをかごに入れていく。

店内には幼い子供を連れた客も多く、はしゃいでいる子供やお菓子をねだっている子供の姿もそこかしこで見られた。

「そういえば惣助。そなた結婚はせんのか？」

サラが何気ない口調でそう言った。

「なんだ急に」

「や、なんとなく思っただけじゃが」

「……しねえよ」

「金がないからか？」

「金もないし相手もいねえし……それに、この仕事やってると色々見たくないものを見ちまうからな」

惣助の言葉にサラは怪訝《けげん》そうに小首を傾《かし》げ、そして急に頬を赤らめた。今日の不倫現場を思い出したのだろう。

「……だから結婚やら恋愛やらに対する憧れなんて、とっくになくなってるんだよ」

乾いた苦笑いを浮かべる惣助に、サラは納得顔で、

「なるほどのー。リヴィアのどちゃシコボディを見ても無反応じゃったのは、そういうことじゃったか」

「……ネットで情報収集するのはいいが、あんま毒されすぎんなよ？」

「おおっと失敬失敬ｗｗｗ　どちゃシコなどとついネット用語がｗｗｗ　妾はオタクではござらんのでコポォｗｗｗ」

「んぶっ」

整った顔を躊躇《ちゅうちょ》なくしゃくれさせて笑わせにきたサラに、惣助は不覚にも噴き出し、

「お、お前ただでさえ属性盛りすぎなんだから、これ以上盛ると逆にキャラがブレるぞ」

「ほむ、それは困るの」とサラは真顔に戻った。

ちなみに結婚や恋愛願望はなくても性欲は普通にあるので、リヴィアのこともエロい身体してるなとは思っていた。彼女が自分から出て行ってくれたのは正直すごく助かった。

「ま、ともあれ安心したわい」

サラが目を細めて呟《つぶや》いた。

「安心？」

「夫婦生活の邪魔《じゃま》になるからと追い出されることは、当分なさそうじゃからの」

「そんなこと心配してたのか」

「うむ。妾《わらわ》もそなたとそなたの愛する者を廃人にしたくはないゆえ」

「出て行くときに記憶消すって前提は変わってないのかよ……」

半眼で呻《うめ》く惣助《そうすけ》に、サラは「当然じゃ」と悪戯《いたずら》っぽく微笑《ほほえ》んだ。

CHARACTER

SALAD BOWL
OF
ECCENTRICS

ブレンダ

NAME

ジョブ:弁護士

アライメント:悪／中庸

STATUS

体力:	44
筋力:	22
知力:	99
精神力:	56
魔力:	0
敏捷性:	32
器用さ:	61
魅力:	78
運:	66
コミュ力:	91

姫とスケボー

10月20日　9時4分

愛崎《あいさき》ブレンダの依頼を解決してちょっと豪華な夕飯を食べた日の翌々日。

「のう惣助《そうすけ》。妾《わらわ》スケボーが欲しいんじゃが」

ソファに座って名探偵コナンを読んでいたサラが唐突に言った。

「スケボー？」

「うむ。買い物とか図書館に行くとき使いたい」

「なるほど」

探偵事務所の手伝いをすることになってからも、サラはちょくちょく一人で外出している。行き先は主に図書館で、元の世界にいたときから読書が好きだったらしい。

事務所から図書館まで歩いて行くのは大変なので、移動はバスを使う。今後も頻繁《ひんぱん》に通うとなるとバス代も馬鹿にならないし、そうでなくとも行動範囲を広げるためにサラが徒歩以外の移動手段を持つのは惣助も賛成だが、

「……移動手段ならスケボーよりケッタのほうがよくないか？」

なぜサラがスケボーと言い出したのかは察しつつも惣助が言うと、

「ケッタとはなんぞ?」

「ケッタマシン——自転車のことだ」

そういえば自転車のことをケッタマシンと呼ぶのは、東海地方だけらしいと前に聞いたことがある。大昔からある方言というわけではないし、何故《なぜ》この地方でだけそんな呼び方が広まってしまったのか、よく考えると謎である。

「ああ、自転車のう……たしかにあれも欲しいんじゃが。でもスケボーのほうがかっこいいじゃろ?」

「まあ、その気持ちはわかる」

惣助は立ち上がり、「じゃあちょっと待ってろ」と寝室へと向かう。

寝室の押し入れから段ボール箱を引っ張り出し、中に入っていたそれを取り出す。

「ほらよ」

リビングに戻り惣助がサラに差し出したのは、年季の入ったスケートボードであった。

「にゃおっ!?」

サラが興奮して目を見開く。

「俺のお古だ。とりあえずそれで練習してみろ」

「なんと……そなたスケボーやっとったのか」

「今は全然乗ってねえけどな。学生時代はケッタよりスケボー乗ってた」

「ハハーン、さてはそなたもコナン君に憧れてスケボーを始めたクチじゃな？」

サラの指摘に、惣助《そうすけ》はそっと目を逸《そ》らすのだった。

10月20日　10時24分

事務所でスケートボードのメンテをして、動きやすい格好に着替え、惣助とサラは近所の公園にやってきた。

「とりあえず俺が滑ってみせるから」

そう言って、惣助は公園の舗装路にスケボーを置く。

惣助のスケボーはクルーザーと呼ばれる街乗り《クルージング》に向いたタイプで、スピードを出しやすく悪路にも強い反面、トリックには向かない。

右足を板に乗せ左足で地面をプッシュする。何度かプッシュしてスピードが出てくると後ろ足も板に乗せ、重心を前に傾ける。

数年ぶりだったが身体は覚えていたようで、バランスを崩すこともなくスイスイ加速していく。

（やっぱ気持ちいいな！）

純粋に移動手段として考えると自転車のほうが安全性、利便性、ハードルの低さ、それに世間体《せけんてい》――スケボーというより、スケボーを楽しんでいる層にネガティブなイメージを持っている人は少なくない――と、明らかに優れているのだが、ボードと一体となり全身で風を切って滑るこの爽快感《そうかいかん》は他では味わえない。

学生時代ならともかく、地味な外見のアラサーにスケボーは似合わないと思って乗らなくなってしまったが、久々にやってみるとやはり楽しい。

脳内で名探偵コナンのメインテーマを流しながら、二十メートルほど滑ったところで弧を描くようにターンし、サラの前を横切り十メートルほど滑ってまた戻る。そんなふうにサラの前を行ったり来たりして、何度かオーリー（板と一緒にジャンプする技）も決めてみせたあと、彼女の前で止まってボードから降りる。

「まあ、こんな感じだ」

「おおー」

サラは軽く拍手しながら、

「スべってみせると言っておきながら全然スべっとらんかった。普通にかっこいいとはどういうことじゃ」

「滑るってそういう意味じゃねえよ」

サラにツッコミを入れつつ、かっこいいと言われて少し照れる惣助《そうすけ》。

「ほれ、次は妾《わらわ》の番じゃ」

ボードをキラキラした目で見つめてサラが言う。

「わかった。とりあえず板の上に乗ってみろ」

「うむ！」

サラは力強く頷《うなず》き、「てれてーてーててーてーてーててー♪」とコナンのメインテーマを口ずさみながら意気揚々とボードに歩み寄り、颯爽《さっそう》と右足を上に乗せ——たその瞬間、バランスを崩して盛大にひっくり返った。

「うおっ!?」

あわや後頭部から地面に激突するところだったサラを、惣助は反射的に抱き留める。

「あ、あっぶねえなー……」

「？　？　？」

冷や汗を浮かべる惣助と、何が起きたかよくわかっていない様子で目をぱちくりさせるサラ。

「足を乗せるときは慎重にな」

「う、うむ……」

惣助がサラの身体を放し、再びサラはそろそろとボードに片足を乗せた。

「よし……次は後ろ足じゃな」

「あんまり後ろに体重かけんなよ。ひっくり返るぞ」

惣助の注意も虚《むな》しく、サラが両足を板に乗せた途端にボードの前方が浮き上がり、またも倒れそうになったサラを惣助が受け止める。

「な、なかなか難しいもんじゃの……」

「まあ、初めはこんなもんだろ、多分」

と言いつつも、惣助には板の上に乗ってバランスを取ることに苦戦した記憶はなく、プッシュしてボードを前に進めることも難なくできた。

それからもサラは両足を板に乗せようとしたものの、何度やってもバランスを崩してしまう。スタンスが合ってないのかと考え、前に置く足を左右入れ替えたりもしたのだが、特に変わらなかった。

「……妾気づいたんじゃが、これは人間が乗るようにできておらんのではないか？　こんな細い板に車輪を付けるとか意味わからんし。そんなん滑ってこけるに決まっとるじゃろ」

「そこを上手《うま》くバランス取って滑るのがスケボーだ」

「うむむ……」

それからもサラは挑戦を続け、スマホで「スケボー　初心者」とか検索したりもして、数十回の失敗の末についにボードの上で立つことに成功はしたものの、へっぴり腰で地面を蹴《け》ることなどできそうにない。

「……なあ。お前ってもしかしてウンチ？」

「う、うんちじゃと!?　妾《わらわ》が糞《ふん》にも劣ると言うか！　ちょっと苦戦しとるからってそこまで言うことなかろうが！　言葉が時に刃となることを知るがよいこの現代人め！」

涙目になってマジギレするサラに惣助《そうすけ》は慌てて、

「う、ウンチってのは運動音痴の略だ！　仕事しろ翻訳魔法！」

「な、なんじゃ……そうじゃったか……」

サラは小さく安堵《あんど》の息を吐き、

「そういえば妾、運動は大の苦手じゃった……。すっかり忘れておったわい」

「それは忘れるなよ……」

「そもそも運動をする機会自体ほとんどなかったんじゃから仕方なかろう」

そう言ってサラは嘆息し、気落ちした表情を浮かべる。

「まあ、ウンチでも練習を続けりゃいつか普通に滑れるようにはなるだろ。……とはいえこの調子だといつ大怪我《おおけが》するかわからんからな。お前が本気でスケボーやりたいって言うなら、ヘルメットとプロテクター買うけど、どうする？」

惣助の問いに、サラはしばらく考えたのち、弱々しく首を横に振った。

「そっか」

惣助は微笑を浮かべ、

「なら、帰って昼飯食ったあとホームセンターにケッタ買いに行くか」

「!?」

サラが目を見開いて惣助を見上げる。

「よいのか?」

「お前用の移動手段は必要だろ。まあ、ケッタにも乗れなかったら諦《あきら》めるしかないけどな」

「そ、そこまでウンチではないわい!」

と、ちょうど惣助とサラの横を、荷台に大きな段ボール箱を載せたママチャリに乗って、八十歳は超えているであろう白髪の老人が通り過ぎていく。

「……あんな老人でも乗れるんじゃから……妾でもきっと……うん、大丈夫、のはずじゃ……」

自分に言い聞かせるように呟《つぶや》くサラだった——。

救世主女騎士

10月21日　13時22分

リヴィアがホームレス生活に戻って五日が過ぎた。

鈴木《すずき》がいなくなったあとも、リヴィアは以前と同じ橋の下を寝床にしている。

ちゃんとした住居やちゃんとした仕事は見つかる気配すらないが、生活自体は安定しており、効率よく空き缶を回収できるルートと時間帯がなんとなく摑《つか》めてきたこともあって、貯金も毎日ほんの少しずつながら増えている。

夜から朝にかけて少し肌寒くなってきたので、段ボールと廃材で小屋を作った。さすがにここにサラを呼ぶわけにはいかないが、なかなか快適である。

鍋、やかん、ライターなどの生活雑貨も手に入れ、空き缶でアルコールストーブを自作したので、食事も毎日温かいものが食べられる。

インスタント麵《めん》だけでなく、スーパーでくず野菜を貰《もら》ってきて煮たりもしている。鍋キューブや固形コンソメのコスパはとても素晴らしいと思う。

おかずが欲しいときはバッタを捕まえてきて天ぷらにしたり素揚げで食べたりもする。魚や鳥獣と違って昆虫の捕獲は法律で規制されておらず、河原にいくらでも生息しているので食べ放題なのだ。

ホームレスの知り合いも何人かできた。段ボールハウスやアルコールストーブの作り方はその人たちから教わったものだ。お礼にバッタの天ぷらをお裾分けすると、酒のツマミにぴったりだと喜ばれ、一緒に酒盛りをしたりもした。

サラに再会したとき臭いと言われたのがショックだったので、昨日は銭湯というところにも行った。大きな湯船やサウナ、マッサージチェアなど色々充実しており気に入ったので、一週間に一度は銭湯で汚れを落とすようにしたい。

……そんな感じで、リヴィアはすっかりホームレス生活に馴染《なじ》んでいた。

不本意ではあるが、鈴木が言っていたように自分にはホームレスの才能があるらしい。

サラの無事も確認できたし、しばらくはこの生活を続けるのもいいかもしれない。

公園で本日三度目の昼食を食べながら、リヴィアはそんなことを思う。

朝食と昼食は、基本的に炊き出しに頼っている。炊き出しの時間は、ある場所では朝七時、別の場所では八時、九時、十一時、十二時、十二時半など、場所によってばらつきがあるため、炊き出しの時間と場所を把握して急いで回れば、朝食と昼食をそれぞれ複数回いただくことも可能なのだ。ホームレス仲間からこの話を聞いたときは感動したものだが、これを実行しているホームレスはほとんどいないらしい。なんでも、離れた場所を短時間で回る労力と消費カロリーに見合わないのだとか。

（こんなに美味《おい》しいのに……この世界の人は舌が肥えていますね）

炊き出しの料理はカレー、炊き込みご飯、おにぎり、味噌汁《みそしる》など大量に作りやすいものが多く、同じ日にメニューが被《かぶ》ることもあるのだが、この世界の食事はどれも美味しいので何度食べてもまったく飽きない。

今リヴィアの食べている炊き出しのメニューは、主食は具の入ってないおにぎりなのだが、米自体の質がいいのか炊き方がいいのか、元の世界の米とは別物のように美味《うま》い。アルミ缶回収や日雇いの仕事で汗を多くかくホームレスのために、少し塩気が強めなのも嬉《うれ》しい。

おかずにナスとキュウリのぬか漬けも付いていて、ビタミンが不足しがちなホームレスへの心遣いがありがたい。そういえば、鈴木《すずき》も自分でぬか漬けを作っていた。自分も今度挑戦してみようと思う。

さらに嬉しいのが、五枚のクッキーである。ギリギリの食生活を送るホームレスは腹持ちのいい食事や手っ取り早く酔って寝るための安酒を優先するため、甘いお菓子とは縁遠くなりがちだ。恐らく手作りで形は不揃《ふぞろ》いだが、素朴な甘さが舌だけでなく心にも染みてくる。

「ふぅ……」

完食し、満ち足りた吐息《といき》を漏《も》らして立ち上がるリヴィア。

（さて、午後もアルミ缶集めを頑張りましょう）

と、そのとき。

「こんにちはー」とリヴィアに近寄ってくる者があった。

男と女の二人組で、歳はどちらも二十歳前後——リヴィアと同世代だろう。

「はい、こんにちは」

リヴィアが返事をすると、

「あ、よかった。日本語話せるんですね。お食事、お口に合いましたか？」

柔らかな口ぶりで男が訊《たず》ねてきた。

「ええ。大変美味しかったです」

リヴィアが素直に答えると、男は「それはよかったです」と顔をほころばせた。

続いて女のほうが、

「あの、クッキーはどうでしたか？」

「もちろん美味しかったです。久しぶりに甘い物を食べました」

「よかったー。今日のクッキー、私が作ったんですよ」

「そうだったのですか。ありがとうございます」

どうやらこの二人は、炊き出しをやっている人たちの仲間らしい。

ホームレスへの炊き出しは、同じ組織が毎日やっているわけではなく、複数の組織が日替わりで行っていることが多い。組織の種類は主にＮＰＯ、ボランティアグループ、宗教団体で、宗教はキリスト教系が大多数。稀《まれ》にヤクザが行っている場合もあるらしい。

今日この場で炊き出しを行っているのがどういった集団なのかはリヴィアには判別できないが、目の前にいる二人をはじめ、スタッフは若者ばかりである。

「もしよかったら、僕たちと少しお話しませんか?」

「はい、かまいませんが」

男の言葉にリヴィアが頷《うなず》くと、続いて女が労《いたわ》るような声音で、

「お姉さん、ずいぶんお若いですけど……きっと大変な事情がおありなんでしょうね」

「え、ええ、まあ、それなりには……」

異世界から転移してきたと言うわけにもいかず、言葉を濁すリヴィア。

「なにか生活で困っていることはありませんか?」

男に訊《き》かれ、リヴィアは少し考える。

食事は毎日美味《おい》しいものをお腹いっぱい食べているし、寝床は快適で、収入もまあ安定し、風呂にも入るようになった。

「いえ、特にはないですね」

リヴィアの答えを聞いた二人は、驚いたように顔を見合わせる。

「えっと、僕たちに遠慮する必要はないんですよ」

「そうそう。たぶん歳も近いですし……なにか力になれることがあったら、なんでも言って

くださ い」

「ふむ……。まあ、強いて言えば定職に就けず賃貸契約ができず銀行口座が作れず、戸籍がないのでそれらを解決するための手段もないことくらいでしょうか」

「「めちゃくちゃ困ってるじゃないですか！」」

二人が目を見開いてハモった。

リヴィアは苦笑し、

「まあ、たしかにいずれなんとかせねばとは思うのですが、某《それがし》の主君も平和に暮らしておられますし、某一人で普通に生きていくぶんには特に問題もないので、しばらくこうしてのんびり過ごすのも悪くないと思っています」

「ふ、普通に？　のんびり？」

「お、お姉さんすごくポジティブですね……」

二人は戸惑いの色を浮かべながらも、さらに話を続ける。

「そうだ、一度僕たちのクランに見学に来ませんか？」

「それがいいですよ。もしも気に入ってクラメンになれば、クランのホームに住むこともできますし」

「くらん、とはなんですか？」

小首を傾《かし》げるリヴィアに、

「要するに僕たちのグループのことです。クランはクランのメンバーのことで、仲間……いえ、家族のようなものですかね」

男の言葉を聞き、リヴィアは警戒心を抱く。

先日、寮に住めると言われて風俗店に入店させられたのを思い出したのだ。

「もしやそれは……いかがわしい店への勧誘ですか？」

リヴィアの言葉に二人は目を丸くして、

「そんな、違いますよ！」

「私たち、困っている人を助けたいだけなんです」

（ふむ……）

この二人が嘘をついているようには見えない。話しぶりも表情も善良な若者そのもので、先日リヴィアを風俗店に誘ったチンピラのようなゲスい雰囲気は微塵《みじん》もない。

「……あなたがたの、その……クラン？　というのはどういった組織なのですか？」

訊《たず》ねたリヴィアに、二人は柔らかな笑みを浮かべて説明を始める。

二人が所属している団体は正式には『ワールズブランチヒルクラン』という名称で、二十歳前後の若者が中心のグループらしい。貧困のない誰もが幸せに暮らせる世界を作るため、炊き出しや清掃などのボランティア活動のほか、農業や、生活を豊かにする商品の販売、心身の鍛《たん》錬《れん》なども行っているとのこと。

「おお、立派な組織なのですね」

リヴィアが感心して言うと、二人は「そうなんです！」と声を重ねた。

「クランと出逢《であ》ったことで僕の人生は大きく変わりました」

「平和を願う気持ちさえあれば誰でも入会できますし、活動内容は自由に選べますから、ホームレス支援をメインにすることもできますよ」

「なるほど……。ホームレスの中には苦労している人も多い。彼らのためになにかできるなら、それもいいかもしれませんね……」

「素晴らしいです。困っている人を助けることが、やがてあなた自身を救うことになると思います」

男の言葉にリヴィアは少し考え、

「とりあえず一度見学させてもらえますか」

リヴィアがそう言うと、二人は顔を見合わせ、そして後ろで炊き出しをしている他のメンバーに向かって叫んだ。

「おーい、新しいクラメンが加わったぞー」

その言葉に、若者たちから「おお！　それは嬉《うれ》しいな！」「ようこそ！」などと口々に歓迎の声が上がる。

「いえ、まだ入ると決めたわけではないのですが……」

そう言いながらも、リヴィアは内心嬉《うれ》しさがこみ上げるのを抑えられなかった。

ホームレスが店などを訪れると露骨《ろこつ》に不審な目を向けられることが多く、こんなふうに大勢の人々から歓迎されたのは久しぶりだったのだ。

１０月２１日　１３時２６分

リヴィアが若者たちに誘われたのと同じころ。

鏑矢《かぶらや》探偵事務所に、二十歳くらいの男女の二人組が訪れた。

惣助《そうすけ》が玄関先で話を聞いてみると、探偵事務所の客ではなく、セールス——しかも霊感商法の類《たぐい》だとすぐにわかったので、

「間に合ってるんでお引き取りください」

問答無用で話を打ち切って、惣助は玄関のドアを閉める。

さらにドアスコープから様子を窺《うかが》うと、二人は残念そうに顔を見合わせたあと大人しく帰っていった。

嘆息しながらリビングに戻ると、

「なんじゃったん？」

スマホ片手にソファで寝そべっていたサラが訊《たず》ねてきた。

「セールスだよ」

「せーるすとはなんじゃ？」

「訪問販売……民家や会社に直接やってきて商品を売ろうとするやつのことだ。うちにもたまに来る」

ドアに『セールスお断り』の貼り紙などがあると、ただでさえ低いオフィス感が完全に消えそうなので貼っていないのだが、そのせいか鏑矢探偵事務所にはセールスパーソンが訪ねてくることがたまにあるのだ。

「御用聞きのようなもんかの？」

「御用聞き？」

「商人が得意先の屋敷に直接やってきて品物を売ることじゃ」

「……まあ、それも訪問販売の一種か。得意先だけを回るわけじゃねえけど」

「あっちの世界でもたまに宮廷御用達《ごようたし》の商人が新作の着物や装飾品を売りに来ておった。妾《わらわ》はそれが楽しみでのう。なにゆえすぐ追い返してしまったのじゃ」

むくれるサラに惣助は苦笑いを浮かべ、

「うちに来るのは、宮廷御用達みたいな上等なもんじゃねえよ」

「そらそうじゃが。ではさっきの者はなにを売りに来たのじゃ？」

「知らんけど、多分なんか壺《つぼ》とか御札とかだろ。家に置いておくだけで邪気を祓《はら》って幸運が舞い込んでくるっていう」

「うちに一番必要なものではないか！　今すぐ追いかけて買ってくるのじゃ！」

サラは目を丸くして叫んだ。

「落ち着け。そんな都合のいいアイテムがこの世にあるか。インチキだインチキ」

「にゃぬ？」

「霊感商法ってな。人生が上手《うま》くいってないのは悪霊やらなんやらが取り憑《つ》いてるからだーとか不安を煽《あお》って、法外な値段でインチキ商品を売りつける商売があるんだよ。訪問販売の中でも特に悪質なやつだ」

「なんと……そのようなけしからん輩《やから》がおるのか……」

惣助《そうすけ》の説明にサラは愕然《がくぜん》としたのち、

「ちゅうか、これほど科学が発達した世界でも、そんな商売が成り立つんじゃのう。よもやよもやじゃ」

「ファンタジー世界の奴に呆《あき》れられると、現代人としては立つ瀬がないな。とはいえ、失敗や不幸をなんか科学で説明できない超常的なもんのせいにしたい気持ちは、誰にでもあるもんだからな……。俺だって初詣行ってお守りとか普通に買うし……」

「そもそもその霊感商法とやらは法律的にはアリなんかの？」

「売りつけた側がその壺やら御札やらに霊的なパワーなんてないと認識してた場合は、詐欺罪や恐喝罪《きょうかつ》にあたるけど、相手が宗教団体だと信者が勝手にやったことだっつって逃げられるケースも多い。さっき来たやつらも、俺の印象だと本人たちは本気で信じてるっぽかったな。いい若者がなにやってんだか……」

苦々しい顔をする惣助に、「若かったんかの？」とサラ。

「ああ。二十歳くらいだったから、大学で偽装サークルに引っかかったのかもな」

「偽装サークルとな？」

「宗教団体や政治団体が表向きは普通のサークルを装って学生を勧誘するんだ。団体の名前も何々教団とか聖ナントカ会みたいないかにもな感じじゃなくて、ボランティアサークルみたいな普通の感じだったり、あと何々クランとか何々ギルドとか、ゲームや漫画でおなじみの単語でカジュアルな雰囲気出したりしてな。うっかり勧誘について行こうもんなら、世間知らずの学生はすぐにマインドコントロールされて信者の仲間入り」

「一応訊《き》いておくが、それは犯罪ではないのかの？」

「暴力や薬物を使って他人の思想を強制的に変えることを『洗脳』って言うんだが、これはもちろん犯罪。『マインドコントロール』ってのは、不法行為ではない方法で知らず知らずのうちに思想を誘導することだ。世間じゃ洗脳もマインドコントロールも一緒くたにされがちだが、厳密には違う」

「むう……。じゃが、そう簡単に人の心を誘導なぞできるものなんかの？　具体的にマインドコントロールというのはどうやるのじゃ？」

「俺も詳しくは知らねえけど、有名なのはサブリミナル効果を利用するものだな」

「さぶりみなる効果とは？」

「映像とか音楽の中に、人間が知覚できないようなイメージやメッセージを混ぜることで、潜在意識に影響を与えること。サブリミナル映像や音楽をテレビやラジオで流すのは禁止されてるけど、違法ではない」

「ほむ……興味深いのう」

「まあ、実際に効果があるのかどうかは微妙だけどな。実のところ、マインドコントロールの一番スタンダードな手法は、普通に真正面からの説得らしい。大抵の場合は複数で一人のターゲットに懇々《こんこん》と自分たちの思想の正しさを説く」

「説得。意外と真っ当……じゃの？」

「まあな。厄介《やっかい》なのは、説得してる連中自身が本気で信じてるから、その言葉には嘘や悪意がなくて、本当に善意や誠意があるってことだ」

「ほむ……嘘をついておらぬから嘘を見抜くこともできんというわけか」

「ああ。良くも悪くも、善人による誠意百パーセントの言葉ってのは……強い。たとえ荒唐《こうとう》無稽《むけい》な内容でも、複数の人間に囲まれて本心から情熱的に語られたら意外と受け容《い》れちまうもんらしい。特に狙われがちな一人暮らしの学生なんかは、大なり小なり一人で悩みを抱え込んでることが多いからな。善意や誠意や情熱、絆とか仲間とか家族みたいな綺麗系ワードが覿面《てきめん》にぶっ刺さるんだ」

「なるほどのー。ま、妾《わらわ》はそんな怪しげな話になぞ絶対に騙《だま》されんがの」

「お前ついさっき幸運を呼ぶ壺《つぼ》を買いに行かせようとしたばっかりだろうが」

自信ありげに笑ったサラに惣助《そうすけ》はツッコみ、

「それにそうやって、自分は絶対に騙されないと思ってる奴ほど、案外コロッと落ちるもんらしいぞ」

「なんじゃと？」

「実際、過去に日本でテロを起こしたカルト宗教団体には、医者やら弁護士やら科学者やら頭いいはずの連中が大勢入信してたしな。陰謀論に嵌《は》まってる連中とかにも共通するけど、『気づき』とか『目覚め』とか……『自分は賢くて、愚かな大衆の知らない真実に気づくことができた選ばれし人間なんだ』って特権意識がカルト沼への第一歩だ」

「うーむ……妾自分のこと賢いと思っておるのじゃが……気をつけねばならんのう。ヒャーこわやこわや……」

神妙な面持ちで言うサラ。

「ああ、気をつけろよ。誰も知らない世界の真実なんて、そのへんに転がってるわけねえんだから」

そう言いつつ、正真正銘の魔法使いがカルト宗教を怖がる様子に少々おかしみを覚える惣助《そうすけ》だった。

……ところで、これはネタバレになるのだが。

公園でリヴィアを勧誘した『ワールズブランチヒルクラン』は、思いっきりカルト宗教団体の下部組織である。

１０月２１日　１５時３２分

ワールズブランチヒルクランのメンバーが運転するワゴン車に乗って、リヴィアは彼らの活動拠点へとやってきた。

低い山のふもと、周辺には田畑が広がり、民家もまばらにしかない場所に建つ、真新しい公民館のような建物。

定期的に集会が開かれるほか、クランが販売する商品の製造所、炊き出しのための調理場、活動のための機材や資材の保管庫にもなっている。宿泊・生活設備も備えており、メンバーの約半数――五十人近い人間がここに住んでいるらしい。

「バスケのコートや卓球台もあるんですよ。よかったらリヴィアさんもバスケ一緒にやりませんか？」

公園で話しかけてきた男――斉藤《さいとう》が言った。

「ばすけ……とはなんですか？」

リヴィアが訊《たず》ねると斉藤は驚いた顔をしたあと、

「ええと、バスケットボールっていうスポーツで……まあ、口で説明するより実際にやってみたほうが早いですよ。きっと楽しいと思います」

「なるほど、ではぜひ。ばすけというのは知りませんが、某《それがし》、身体を動かすことにかけては誰にも負けない自信があります」

「はは、すごい自信ですね。でも僕、こう見えて全国大会に行ったこともあるんですよ」

「ほう、それは大したものですね！」

どれほど凄《すご》いのかリヴィアにはまったくわからなかったが、全国大会という名称や斉藤の誇らしげな口ぶりからして、相当凄いことは間違いないだろう。

リヴィアの賞賛に斉藤は「へへ」と照れ笑いを浮かべ、

「実はプロを目指してたんですけど……まあ、怪我《けが》をして駄目になっちゃいまして」

「なんと……それはお気の毒に」

「いえ、今はクランのおかげで立ち直って、こうして充実した毎日を送れてますから」

斉藤《さいとう》は、本当に悔いなど微塵《みじん》も感じさせない穏やかな笑みを浮かべてそう言った。

１０月２１日　１５時３６分

斉藤たちと共に施設の中に入ったリヴィアは、入り口に『体育室』と書かれた広い部屋に案内された。

入ってすぐの場所で椅子に座っていた男に、斉藤が「バスケットコート一時間お願いします」と言って、財布から紙を三枚取り出した。大きさは紙幣と同じくらいだが、日本の通貨ではなく、黄色い紙に何か絵が描かれている。

「それはなんですか?」

リヴィアが訊《たず》ねると、一緒に来た別の男が「ヒルカだよ」と答えた。

「ひるか?」

「クランの独自通貨で、クランに貢献することで手に入るんだ。ヒルカを使えばホームの設備を利用したり食べ物や商品と交換できるよ」

「この国の通貨は使えないのですか?」

「基本的にホーム内ではヒルカしか使えないけど、現金をヒルカに換えることはできるよ」

「なるほど……」

変わった仕組みがあるのだなと思いつつ、

「ヒルカを現金に換えることもできるのですか？」

「それはできないよ。お金のためじゃなくて社会のために奉仕するっていう意識を高めるための仕組みだから」

「はあ」

いまいちピンとこなかったが、それで組織が上手《うま》く回っているならいいのだろう。

「それじゃ、さっそく始めましょうか」

斉藤がリヴィアに言った。

軽く準備運動をしたあと、リヴィアは斉藤からバスケットボールについて教わる。

これがドリブル、これがシュート、と斉藤はボールを使って手本を見せながら説明してくれた。

リヴィアが基本的なルールを覚えたところで、ゲームが開始される。

本来のバスケは五人対五人だが、人数が足りないので今回はハーフコートのみを使う三対三。ルールはスリーエックススリーの世界統一ルールではなく、遊び用のローカルルール。試合時間は十分、ファウルの回数制限なし、ショットクロック（シュートを打つまでの制限時間）なし。

リヴィアのチームは斉藤《さいとう》ともう一人の男で、公園で斉藤と一緒に声をかけてきた青木《あおき》という女性が審判と得点係を行う。

バスケ自体は未知の競技だったが、リヴィアのいた世界にもボールを使った競技は存在し、訓練を兼ねたレクリエーションとして親しんできたので、戸惑いは特にない。

初めて触るタイプのボールだったのでシュートやドリブルに慣れるには少し時間がかかったが、ボールを奪ったりシュートをブロックするのは最初から難なくこなせた。さらには相手チームが出したパスに後ろから追いついてボールを掴《つか》み取ってみせると、他のメンバーから驚愕《きょうがく》の声が上がる。

「ウソだろ!?」

唖然《あぜん》としている相手選手を横目に、ツーポイントラインの外側にいた斉藤にパスし、ボールを受け取った斉藤がその場から流れるようにシュートを決めた。

「お見事です、斉藤殿」

「いやリヴィアさんこそめちゃくちゃ足速いですね!?」

初心者のリヴィアのために最初は緩やかにプレイしていた他の面子《メンツ》も、リヴィアの凄《すさ》まじい身体能力に驚き、ほどなくフェイクや難度の高いパスを容赦《ようしゃ》なく使うようになった。

最初のゲームは接戦の末、リヴィアたちのチームの勝利。

ゲームを重ねリヴィアのドリブルやシュートが上達してくると、一方的な展開が続いたため、ラストゲームでは斉藤とリヴィアが別チームに分かれることになった。

元プロ志望というだけあってさすがに斉藤は手強《てごわ》く、リヴィアの技術ではあっさりボールを奪われ、ディフェンスをかいくぐってゴールを決められる。

「むむぅ……」

何度も斉藤にやられた悔しさでリヴィアが唸《うな》ると、

「斉藤くーん、ちょっと大人げないよー」

得点係の青木が笑いながら斉藤に言った。

すると斉藤はハッと申し訳なさそうな顔を浮かべ、

「す、すいません。ちょっと熱くなりすぎちゃいました。あくまで遊びなんですから、みんなで楽しまないとですね」

ボールをその場でバウンドさせながら、やんわりと笑いながら言った斉藤に、リヴィアは首を横に振り、

「いえ、手心を加えていただく必要はありません。かくなる上は、某《それがし》も本気でいかせていただきます！」

宣言するが早いか、リヴィアは身体能力強化の魔術を発動させる。

「え？」と戸惑いの声を漏《も》らした斉藤から瞬時にボールを奪い取り、誰もいない方向に投げたボールに回り込んでツーポイントライン外側でキャッチ。

「たしか二歩まではボールを持ったままでもいいのでしたね？」

ボールを両手でしっかり持ったまま、ゴールの方向へ一歩二歩と大きく踏み出し、そして力強く跳躍。ゴールにボールを叩《たた》き込んだ。

ドン、と大きな音を立てて着地して、斉藤《さいとう》や他の面子《メンツ》に目をやる。

「は？」「え、なに今の……」「マジで……？」

皆一様に唖然《あぜん》とした顔を浮かべており、リヴィアは焦《あせ》る。

自分のシュート技術では、投げ入れるよりもボールを持ったままジャンプして直接入れるほうが確実だと判断したのだが――。

「……あの、もしかしてボールを掴《つか》んで直接入れるのは反則でしたか？」

「い、いえ、反則じゃないですけど……」

斉藤が呆然《ぼうぜん》とした様子で答え、少し遅れてリヴィアと同じチームの男が「すげー！」と興奮した声を上げた。

「なんすか今のダンク!?　むちゃくちゃ跳ばんかった!?」

「あんなんNBAの試合でもめったにねえよ！」

「ほぼ助走なしであのジャンプってプロでも無理じゃないですか!?」

（……しまった）

予想以上の反響に、リヴィアは頬を引きつらせる。

つい熱くなって魔術を使ってしまったが、そういえばこの世界には魔術が存在しないのだ。

「リヴィアさん、あなた何者なんですか……？」

かすれた声で問うてきた斉藤に、

「じ、実は某《それがし》、中国拳法？　を嗜《たしな》んでおりまして」

咄嗟《とっさ》にそう言い訳するリヴィア。

鏑矢《かぶらや》探偵事務所にいたときサラに聞いた、攻撃魔術を中国拳法だと言って誤魔化《ごまか》したという話を思い出したのだ。

しかし、

「いやそんな少林サッカーじゃあるまいし……」

斉藤から冷静なツッコミが入る。

サラのときは相手が知力ゼロのチンピラだったのであっさり信じてくれたらしいが、そうはいかないようだ――と思いきや、

「でも俺、前に中国雑技団の人がむっちゃ高く跳ぶの見たことあるわ」

「あっ、僕もあります」

「たしかに……中国拳法なら納得かも……！」

「少林サッカーはリアルだった……？」

なんやかんやで誤魔化せそうで、リヴィアは内心安堵《あんど》する。

(中国拳法便利ですね。ジャージが大きめだったのも幸いでした)

身体能力強化魔術とは、つまり身体全体もしくは一部の筋肉を一時的に増強する術である。ジャージの上からは目立たないが、強化された今のリヴィアの脚はカンガルーのようにムッキムキになっているのだ。

リヴィアの持っている服はボランティアの人にもらった古着でサイズがバラバラなのだが、もしも今着ているのがリヴィアの体格にぴったりだったり小さかったりしたら、見た目の変化がはっきりとわかってしまうところだった。

「さあ斉藤《さいとう》殿、勝負を続けましょう！」

気を取り直して叫んだリヴィアに、斉藤はなおも戸惑いを浮かべながらも、「そ、そうですね」とゴール下に転がるボールを拾った。

そしてゲームが再開される。

身体能力で圧倒的に上回るリヴィアだったが、それでもバスケという競技においては斉藤の技術の前に一歩及ばず、ゲームは僅差《きんさ》で斉藤チームの勝利となった。

「お見事でした斉藤殿。特にあのなんか、パスを出したフリをする技、警戒していたのに何度も引っかかってしまいました」

素直に賞賛するリヴィアに対し、斉藤はどこか卑屈《ひくつ》そうな笑みを浮かべ、

「すいません、初心者のかた相手にフェイク連発なんて。これでプロ志望だったなんて笑っち

やいますよね……」

「なにを卑下《ひげ》する必要があるのですか。某《それがし》、斉藤殿の闘志に感服しました」

「闘志なんて……僕が未熟な証拠ですよ」

「……？」

なおも自嘲《じちようてき》的な斉藤に、リヴィアが怪訝《けげん》な視線を向けると、彼は誤魔化《ごまか》すように、

「そうだ、今夜はクラマスの講話があるんです。リヴィアさんもぜひいらしてください」

「くらます？」

「クランマスター……このクランの代表、皆神望愛《みなかみのあ》様のことです。望愛様のお話を聞けば、きっと悩みから解放されて人生が開けると思いますよ」

「某、特に悩みなどないのですが……」

「それでも、きっと何か得られるものがあるはずです」

熱に浮かされたように言う斉藤に、リヴィアは少し困惑しつつ、

「それほど素晴らしい人なのですか？」

「それはもう！」

斉藤ではない、一緒にバスケしていたメンバーの一人が言った。

「望愛様はチベットの奥地で生まれ育ち、神秘の力を身につけられたんです。その力を世界のために使うべく、このクランを作られました」

「神秘の力？」

　興味を引かれて聞き返すリヴィア。

「怪我《けが》や病気を治したり、災いを退け幸運を呼び寄せたりする力です」

「なんと……この世界にも魔術が？」

「え？」

「あ、いえ、こちらの話です」

　リヴィアは誤魔化《ごまか》し、

「とても興味深いです。クラマスの講話、ぜひとも参加させてください」

10月21日　17時12分

　青木《あおき》に案内され、リヴィアはクランのホームのシャワールームで汗を流した。大浴場もあるのだが、そちらを利用するにはヒルカが必要らしい。

　クラマスの講話の前に夕食を食べさせてくれるとのことだが、

「夕食までまだ時間があるので、それまでクランの紹介ビデオを観ていてください」

　そう言われて通されたのは、『シアタールーム』と書かれた部屋だった。

六畳ほどの部屋にソファが並べられ、壁には大きなディスプレイが埋め込まれている。お香か何かを焚いているのか、なにやら甘い香りもする。

青木と並んでリヴィアがソファに座ると、部屋が暗くなり、やがて動画が流れ始めた。

活動の紹介とのことだったが、動画は物語形式のアニメーションだった。

舞台は（多分）現代の日本。主人公は大学生の男ケンジで、平凡な学生生活を送っている。

（ふむ……）

探偵事務所にいたときサラがテレビでアニメを観ていたのを横から見たことがあったが、そのときの映像と比べると全体的にチープな印象を受ける。とはいえリヴィアにとっては大きな画面でゆっくり動画を観るという体験自体が初めてのため、新鮮で楽しい。

開始三分ほどでケンジは同じバイト先で働く同い年の女サキと恋に落ち、それからさらに三分ほどで二人は付き合うことになる。しかし幸せな日々は三分くらいしか続かなかった。ある日突然、サキは交通事故に遭って植物状態になってしまうのだ。

（な、なんという衝撃的な展開！　ケンジとサキはこれからどうなるのですか⁉）

リヴィアは物語の展開に夢中になりつつ、

（……それはそうと、たまに映る謎の女性や文章には何の意味があるのでしょう？）

動画が始まってから、大体三十秒に一回の頻度で、一瞬——百分の一秒くらい——、謎の若い女性の姿（実写）や『信じなさい』といった言葉が映るのだ。せっかくとても面白い物語なのに、ちょっと煩《わずら》わしい。

とりあえず気にしないことにして、リヴィアは話に集中する。

突然の悲劇に絶望し、三分ほど無気力な日々を過ごすケンジ。そんなとき、学友たちからボランティア活動に参加しないかと誘われる。半ば嫌々ながら参加するケンジだったが、彼の活動で見ず知らずの人たちが笑顔になるのを見て久しぶりに温かい気持ちになるのだった。

そんなケンジに、一人の女性が声をかけてくる。

『私はこのクランのマスター、皆神望愛《みなかみのあ》。この世界を救うためにあなたの力が必要です』

そう言って彼女がケンジの額に手を触れると、ケンジの眼に、世界のあちこちに黒いモヤのようなものが漂っているのが映るようになった。恐れおののくケンジにマスター望愛は、この世界は邪悪なる意思によって侵食されていると語る。

(なんという意外な展開！　……それにしても、さっきからうるさいですね)

ケンジがボランティア活動に参加したあたりからずっと、謎のカットインに加えて、『あなたは幸せになれる』『クランを信じれば大丈夫』といった音声が（リヴィアは知らなかったが普通の人間には聞こえない周波数で）流れ続けているのだ。

とりあえず謎の音声のほうも気にせず、物語を楽しむことにする。

ケンジたちワールズブランチヒルクランの活動によって、三分ほどで世界に少しずつ希望の光が戻り、黒い邪悪な意思は消えていく。業を煮やした闇の化身的な魔物は、人々に希望を与えている根源である皆神望愛を直接殺そうと襲ってくる。しかし望愛は邪悪な魔物を、フワッとしたいい感じの言葉となんかすごい光のパワーによって浄化するのだった。こうして世界には平和が訪れ、植物状態だった恋人のサキも望愛の神秘の力で目を覚ました。しかし安心はできない。人々に邪悪な心が芽生えれば、再び世界は窮地に陥るだろう。そのためにクランの活動をもっと世に広め、世界を本当の意味で光で満たさなくてはならないのだ。ケンジはサキや仲間たちとともに、これからもクランの一員として歩んでいくことを誓うのだった――。

「は〜、面白かったです！」

動画が終わって部屋が明るくなったあと、リヴィアは隣の青木《あおき》に素直な感想を述べた。特に最後の悪者をやっつけるところがスカッとして良かったと思う。

リヴィアは元の世界で、あまり物語に触れてこなかった。一度サラに勧められて彼女が愛読していた長編小説を頑張って読んだのだが、途中から好きな登場人物がどんどん死んでいき最後もパッとしない結末だったため、読書にも苦手意識がある。

「それはよかったです。リヴィアさんにはやっぱり素質がありますよ」

感動に目を潤ませていた青木はそっと指で目元を拭《ぬぐ》い、嬉《うれ》しそうに微笑《ほほえ》んだ。

「ところで、ちょくちょく挿入されていた女性の姿や、後半ずっと流れていた声は一体なんだったのですか？」

「……？　なんのことですか？」

リヴィアが訊《たず》ねると、青木《あおき》はきょとんと首を傾《かし》げた。

彼女がとぼけている様子はない。差し挟まれる画像は本当に一瞬だったし、音声も非常に小さかったので、本当に知覚していないのだろう。

「ああ、いえ、なんでもありません」

そう言ってリヴィアは誤魔化《ごまか》した。

10月21日　18時2分

夕食は白米に味噌汁《みそしる》、豚の生姜焼《しょうがや》き、餃子《ギョーザ》、そして柿だった。

ホームの食堂では白米と味噌汁が無料で、他のおかずにはヒルカが必要だが、今回は斉藤《さいとう》と青木が奢《おご》ってくれた。

生姜焼きも餃子も柿も、元の世界に同じような食べ物はあったが、これほど美味《おい》しくはなかった気がする。

「本当に美味しそうに食べますね」と青木。

「リヴィアさん、普段はどんなものを食べてるんですか？」

斉藤に訊《き》かれ、

「そうですね……基本的にはインスタント麺《めん》が多いです。あとは野菜鍋や賞味期限切れのおにぎりやバッタ」

「へー、バッタ。……バッタ!?」

斉藤が目を見開く。

「バッタって、虫のバッタですか?」

同じテーブルで食事していた男が訊いてきた。

「はい。天ぷらにすると美味しいですよ。そのまま揚げてもいけます」

「祖母《ばあ》ちゃんちでヘボ飯食べたことならあるけど、バッタはないなあ……」

また別の男がそう言ったのを聞き、「へぼめしとはなんですか?」と訊ねる。

「ヘボっていうのはクロスズメバチの幼虫で、それをご飯と一緒に炊いたこのあたりの郷土料理です。今はヘボ、割と高級食材ですけど」

「ほう、蜂の幼虫は食べたことないですね……。美味しいのですか?」

「あ、はい。見た目グロいですけど美味《うま》いです」

「『幼虫は』ってことは、もしかして成虫は食べたことあるんですか?」

青木の問いに首肯し、

「一度だけですが。バッタを揚げているときにちょうど飛んできたので、箸《はし》で摑《つか》んでそのまま揚げました」

「箸《はし》で!?」「宮本武蔵《みやもとむさし》かよ!」

「あ、味はどうだったんですか?」

「毒があるためか、舌が痺《しび》れるような苦みがあって個人的には美味《おい》しくなかったです。その点、やはりバッタは良い。いくらでもいますし」

「へえ～……」

　気づけば近くで食事していた全員がリヴィアに注目しており、その中の一人が「あの、これよかったら食べてください」と自分の唐揚げをリヴィアに差し出してきた。

「いいのですか?　では遠慮なくいただきます」

　これを皮切りに、他のクラメンたちも次々とリヴィアに自分のおかずをくれた。リヴィアはそのすべてをありがたく平らげたのだった。

１０月２１日　１８時５４分

　食事を終えると、リヴィアは斉藤《さいとう》や青木《あおき》たちとともにマスターの講話が行われる『集会室』という部屋に向かった。

　ステージのある長方形の部屋にパイプ椅子が並べられ、百人近い若者が座っており、リヴィアたちも空いている席に座る。

フロアにはシアタールームと同じ匂いが立ちこめ、スピーカーから厳《おごそ》かな雰囲気の音楽が流れており、紹介ビデオと同じように「あなたは救われる」「マスターを信じなさい」といった謎の音声も小さく聞こえてくる。

この声がなんなのか、改めて斉藤と青木に訊《たず》ねようと思ったが、室内の若者たちが誰一人喋《しゃべ》っておらず、二人もじっとステージのほうを見つめているのでやめた。

ステージの前には男が十人くらい並んで立っており、全員白いローブを着ている。ゆったりしたローブの上からはわかりづらいが、いずれもかなり鍛えられた体軀《たいく》である。

そのまま五分ほど待っていると、ステージの上に一人の女性が出てきた。

（あれは……）

年齢はおそらく二十代前半の、腰ほどまである長い黒髪の美人。

ステージ前の男たちが着ているものよりも派手な装飾の施された白いローブを纏《まと》い、頭にはサークレットをかぶっている。

彼女こそ、紹介ビデオにちょくちょく挿入されていた写真の人物だった。

「あの方がマスターですか？」

隣の斉藤に小声で訊ねると、彼は熱っぽい眼差《まなざ》しで女性を見つめたまま「はい、そうです」と頷《うなず》いた。

壇上の皆神望愛《みなかみのあ》が口を開く。

「こんばんは。ワールズブランチヒルクランのマスター、皆神望愛です。今宵《こよい》こうして皆さんとお会いできることを、とても嬉《うれ》しく思います」

柔らかな口ぶりの、透き通るような声。今も音楽とともに小さく流れている声と同じものだった。

「いま、この世界は悲しみに溢《あふ》れています。しかし、嘆く必要はありません。このクランに集《つど》う大勢の仲間、いえ、家族が力を合わせれば、乗り越えられない困難などないのですから」

彼女の言葉に、クラメンたちの間から「ああ、望愛様……」と感嘆の声が漏《も》れる。

その後も望愛はフワッとしたいい感じの話を続けたのだが、

（…………ね、眠い……）

リヴィアは自分の瞼《まぶた》がどんどん重くなっていくのを感じていた。

久しぶりにお腹いっぱい食べたせいで、ものすごく眠い。望愛の心地よい声や流れている音楽が、さらに眠気に拍車をかける。

欠伸《あくび》を嚙《か》み殺すのに必死で、話の内容などまったく頭に入ってこない。

（神秘の力を持っているとのことでしたが……それを見せてはもらえないのでしょうか……）

講話に参加したことを少し後悔しつつ、リヴィアがそんなことを思っていると、

「さて、今宵は皆さんの前で、特別に報奨したいクラメンがいます。……内山誠治《うちやませいじ》さん、ど

うぞこちらへ」

「は、はいっ！」

望愛に名前を呼ばれると、最前列にいた一人の青年が立ち上がり、緊張した様子でステージへ上がっていく。

（おや……？）

変化が起きたことでリヴィアの眠気が少しだけ収まる。

青年が望愛の隣に立つと、望愛が再び口を開いた。

「こちらの内山誠治さんは、日々熱心にクランの活動に貢献し、五千ヒルカを奉納してくださいました」

望愛の言葉に、クランメンたちから「おお」「それはすばらしい」「僕も頑張らないと」などと感嘆の声が漏れる。

（五千ヒルカ……百五十万円ですか）

クランの独自通貨であるヒルカは、クランに貢献することで得られるほか、一ヒルカあたり三百円で交換することができる。

具体的にはバスケットコート一時間で十ヒルカ、大浴場の利用が三ヒルカ、購買のジュースが一ヒルカ、食堂の生姜焼き《しょうがや》き、餃子《ギョーザ》、柿がそれぞれ一ヒルカだった。

施設の利用や物品との交換に使用するだけでなく、クランに奉納することも可能で、奉納した額に応じて、マスター望愛《のあ》から直接報奨されるのだという。

「わたくしは彼の献身に報い、祝福を差し上げようと思います」

望愛が目を閉じ、大きく両腕を広げると、音楽が大きくなり、集会室の照明が消え、ステージ上の望愛と内山《うちやま》にスポットライトが当てられた。

内山が跪《ひざまず》き、望愛が彼の胸元へと手をかざす。

「天よ、この者をあらゆる災厄から守りたまえ――」

それから十秒ほどして、望愛はゆっくりと内山から離れる。

（……？　何をしたのでしょうか……）

内山の様子に変化は見られない。

リヴィアの世界には「あらゆる災厄から守る魔術」などというものは存在しなかったが、本当に使ったのだろうか。

リヴィアが疑問を抱いた矢先、異変は起きた。

「うわあああ！」

内山が突如《とつじょ》叫び、ポケットからナイフを取り出して望愛に摑《つか》みかかったのだ。

「きゃっ!?」

望愛が悲鳴を上げる。

警備役であろうローブ姿の男たちが、慌ててステージに上がろうとするも、

「近づくな！　近づいたらこいつを殺すぞ！」

内山が望愛を背後から拘束し、彼女の首筋にナイフを当てて叫んだため、男たちは動きを止めた。

クラメンたちがざわつく。

「斉藤《さいとう》殿、これも何かの演出ですか？」

「す、すいません、僕にはわかりません」

リヴィアが訊《たず》ねると、斉藤は動揺した様子で首を振った。

と、

「内山さん、どうしてこんなことをなさるのですか？」

落ち着いた声音で望愛が言った。声と表情は平静を装っているが、彼女の顔に冷や汗が浮かんでいるのがリヴィアにはわかった。

（とはいえ、刃物を突きつけられて平静を装えるだけでも大したものですが）

内山がクラメンたちに向けて声を張り上げる。

「みんな聞いてくれ！　この女はただのペテン師だ！　みんな洗脳されてるだけなんだ！」

「なんてことを……！」「許せません！」

隣で斉藤と青木《あおき》が憤《いきどお》りの色を浮かべた。もちろん怒りの対象は望愛ではなく内山である。

「馬鹿なことはやめろ！」「望愛様を放せ！」

他のクラメンたちも口々に内山《うちやま》を非難する。内山はそれに対し、

「お、俺の姉さんは三年前クランに全財産を騙《だま》し取られて、実家の金にまで手をつけた！　おかげで俺は高校も中退することになったんだ！　姉さんとはそれっきり連絡がつかなくなって、俺はクランに潜り込んで調査していた！　で、でも姉さんは見つからなかった！　きっとクランに消されたんだ！」

「内山さん……あなたのお姉さんはもしかして、内山美沙《みさ》さんではありませんか？」

望愛《のあ》の言葉に、内山が動揺する。

「そ、そうだ……！　知ってるのか!?」

「大切な家族のことですから知っていて当たり前でしょう。美沙さんはクランのために懸命に活動してくださったので、あなたと同じように祝福を受け、今はクランの幹部となるための特別なプログラムに取り組んでいます」

「じゃ、じゃあ、姉さんは無事なのか……？」

「もちろんです。なんでしたら、のちほど彼女と連絡を取りましょう」

「う……」

「さあ、内山さん、刃物を下ろしてください。悲しい誤解が解けた今、再びわたくしたちの家族として社会のために励みましょう。そしていつか美沙さんと一緒に、幹部としてクランを支えてください」

優しい口ぶりで説く望愛に、内山は苦悩の表情を浮かべる。

（うーん……）

リヴィアは二人のやりとりに、見ず知らずの人間を主人公にした物語に紛れ込んでしまったような居心地の悪さを感じていたが、他のクラメンたちはそうではないらしく、「さすが望愛様……」と感激している。

（やはりこの騒動も仕込みなのでは？）

リヴィアがそう思った矢先、

「くそっ！　そうやって丸め込もうとしたって無駄だ！　姉さんを捜しながら、俺はクランのことも調べてたんだ！　インチキ霊能力で信者から搾取《さくしゅ》する悪徳宗教団体、それがこのクランの正体だ！」

内山が震えた声で叫んだ。

「そんな！　誤解です内山さん。どうか信じてください」

悲しげに言う望愛に、

「だ、だったら、あんたがペテン師じゃないなら、証拠を見せてみろ！」

「証拠、ですか？」

「あんたはついさっき俺に、あらゆる厄災から守る祝福を授けてくれたんだよな！　だったら神秘の力とやらで俺を守ってみろよ！」

言うが早いか、内山《うちやま》は望愛《のあ》を突き飛ばすと、持っていたナイフをなんと自分の脇腹に勢いよく突き立てた。

「ぐぎゃあああ！」

内山が痛みに悲鳴を上げ、望愛も目を見開く。

脇腹から血が滲《にじ》み、内山の顔には大量の脂汗が浮かんでいる。

(あ、これは仕込みではないですね。本当に刺さってます)

リヴィアは冷静に判定する。

内山はしばし苦悶《くもん》の声を上げたのち、望愛を睨《にら》みながらにやりと笑みを浮かべた。

「なぁ、マスター……たった今、あんたの祝福を受けたばっかなのに、ハァ、ハァ……普通に死にそうなんだが……ど、どういうことなんだろうなぁ……？」

「あ、あの祝福はあくまで邪悪なものからあなたを守るものです。自分で自分に危害を加えるのを防ぐことはできません」

動揺を隠しきれないながらも、望愛はすらすらと答えた。すると内山はさらに口を禍々《まがまが》しく歪《ゆが》めて、

「そうかぁ……そういうことにしておいてやるよ……。じゃあ望愛様、俺が間違ってました……どうかお助けください……奇跡の力で俺の命を助けてくださいよ……。ま、まさか、家族が目の前で死にそうになってるのを、見捨てたりはしませんよねぇ……」

「そ、それは……」

望愛が言葉に詰まり、視線を泳がせる。

そんな彼女に、クラメンたちはなおも熱い視線を向け続けていた。

「あぐ……ッ！」

苦悶の声とともに内山が膝から崩れ落ちるも、望愛は視線を彷徨《さまよ》わせるだけで動こうとはしない。

どうやらマスター望愛には、傷を治すことはできないようだ。このまま放っておけば内山は死ぬかもしれない。

彼は自らの命を賭《と》して望愛のペテンを暴こうとしているのだから、それも本望なのかもしれないが――他のクラメンの様子を見るに、彼がこのまま死んだところで望愛が何かそれっぽい理屈を述べれば簡単に誤魔化《ごまか》されてしまいそうだ。

（……仕方ないですね）

助ける義理はないが、目の前で無駄死にされるのは寝覚めが悪い。

リヴィアは嘆息し、立ち上がった。

「リヴィアさん？」

立ち上がったリヴィアに、斉藤《さいとう》と青木《あおき》が怪訝《けげん》な顔をする。

リヴィアがステージに駆け寄ると、警護の男たちが「おい！　近づくな！」と止めようとしてきた。

リヴィアは男の一人の肩に手をかけ力を込め、その反動でひらりと跳躍。そのままステージの上に跳び上がる。

「な、なんですかあなたは!?」

「通りすがりのホームレスです」

短く答えて内山《うちやま》に近寄り、

「あ……? へ?」

無造作に、彼の腹に刺さったナイフを抜き取る。

「ぎゃあああああああああ!?」

内山の絶叫とともに血飛沫《ちしぶき》が上がり、リヴィアの顔や身体を赤に染める。

血飛沫は近くにいた望愛《のあ》にも届き、白いローブにかかった血を見て望愛が「ひ……!」と恐怖の声を上げた。

「……せっかくシャワーを浴びたのに」

小さくぼやき、リヴィアはナイフによってできた内山の服の穴に指をかけて服を引き裂き、内山の腹部に手を当て、治癒《ちゆ》の魔術を発動。

断末魔じみた悲鳴を上げていた内山の形相が徐々に穏やかになり、やがて戸惑いの表情を浮かべ、

「あ、あれ……？　い、痛みが……消えて……？」

「まあ、こんなところでしょう」

出血が止まったのを確認し、しばらく腹に手を当てて様子を見たあと、リヴィアは内山から手を放した。

「疵痕《きずあと》は残りますが我慢してください。多分大丈夫だとは思いますが、内臓が損傷している可能性があるので医者に診てもらったほうがいいでしょう」

「え、あ、はい……」

ぽかんとした顔で内山が頷《うなず》く。

と、

「奇跡だ……」「あれこそ神秘の力……」「奇跡……」

クラメンたちがそんなことを呟《つぶや》いているのが聞こえる。

（さて、どうしましょうね……）

大勢の人間の前で魔術を使ってしまった。

（今回も中国拳法ということで誤魔化《ごまか》せるでしょうか……）

リヴィアが悩んでいると、

「救世主様……」

後ろでそんな声が聞こえた。

振り返ると、皆神望愛《みなかみのあ》が熱っぽい視線をリヴィアに注いでいる。

「……？」

訝《いぶか》り目を細めるリヴィアに、望愛は真剣な声で、

「間違いありません……あなた様こそ天が遣わした救世主ですね？」

「はい？」

戸惑うリヴィアの前で望愛は跪《ひざまず》き、

「わたくしはこの日が来るのをずっと待っていました。救世主様、このクランのすべてをあなた様に捧げます。どうかわたくしたちをお導きください」

「は!?　そんなことを言われても困ります！」

「お願いします！　救世主様！」

懇願《こんがん》する望愛に続いて、クラメンたちも「お願いします！　救世主様！」と唱和した。

（こ、困りましたね……）

困惑しつつ、リヴィアは考える。

このクランを引き継げば、食堂に大浴場に娯楽施設まである立派な住居が手に入る。おまけに大勢の家臣もついてくる。悪い話ではないかもしれない。

しかし。

「救世主様、どうか……！」

望愛《のあ》やクラメンたちが自分に向ける、縋《すが》るような目、目、目、目、目、目……——。

リヴィアの唇から失笑が零《こぼ》れる。

自分が家やお金や仕事を求めているのは、主君であるサラのためなのだ。

人々を惑わして金を搾取《さくしゅ》する組織など、サラの居場所に相応《ふさわ》しくない。

また、そんな組織に騙《だま》され、自分の生き方を他者に委《ゆだ》ねる腑《ふ》抜《ぬ》けたちなど、サラの家臣として相応しくない。

「申し訳ありませんが、やはりお断りします」

望愛を見下ろし、リヴィアは言い放った。

「某《それがし》には待っているお方がいるのです。それでは」

……本当にサラがリヴィアを待っているかというと微妙かもしれないが、そこは考えないことにした。

ステージから飛び降り、出口に向けて疾駆するリヴィア。

「お待ちください救世主様！　皆さん、そのお方を止めてください！」

望愛の指示でクラメンたちがリヴィアを止めようと立ち上がるも、リヴィアは風のように彼らの脇をすり抜けていく。

ほどなく集会室の出口に辿《たど》り着こうというそのとき、扉の前に一人の男——斉藤《さいとう》が立ちはだかった。斉藤はバスケのディフェンスのように腰を落として腕を広げ、

「行かないでください、リヴィアさん……いえ、救世主様」

「斉藤殿、某は救世主などではありません。バスケ、楽しかったですよ。あなたの中にある闘志、大事にしてください」

「え……！」

リヴィアの言葉に斉藤は動揺し、その隙《すき》にリヴィアは彼の横を通り抜け、扉を開けて部屋を出る。

そのままクランのホームを脱出し、追っ手が来ていないことを確認すると、リヴィアはようやく一息ついた。

同世代の若者たちとバスケをしたりワイワイ食事をしたときの幸福感が胸に甦《よみがえ》り、僅《わず》かな寂寥《せきりよう》を覚えつつも、リヴィアは振り返ることなく再び暗い道を一人歩き始めるのだった。

１０月２１日　２１時５２分

「……そうですか」
謎の外国人美女——リヴィアという名前らしい——を見失ったという報告を受け、ワールズブランチヒルクランのマスター、皆神《みなかみ》望愛は深々とため息をついた。

皆神《みなかみ》望愛《のあ》——本名木下《きのした》望愛は、岐阜県を中心に多数の信者を持つ宗教法人、『金華の枝』の教祖の二女として生まれた。

他のきょうだいたちと同様に幼い頃から教団の幹部となるべく教育され、十七歳で教団の下部組織の一つであるワールズブランチヒルクランの代表を任された。

学生を中心にメンバーを集め、霊感商法やメンバーのお布施《ふせ》によって稼いだ金を教団へと納める。それが望愛の仕事であった。

普通のサークル活動を装いつつ、効果があるかもわからないサブリミナル映像や音楽を使うだけの緩い勧誘だったが、なぜかトントン拍子にメンバーは増えていった。

どうやら望愛には、いわゆる天性のカリスマというものが備わっていたらしい。

それに気づいた望愛は、いずれ両親に取って代わるべく精力的に資金や有能な人材を集めるようになったのだが——本物の奇跡を目にしたとき、そんな野心は一瞬で吹き飛んだ。

望愛の窮地に突如《とつじょ》として現れた、自分など到底及ばない圧倒的なオーラを纏《まと》う美女。

自分の人生はこのお方に巡り逢《あ》うためにあったのだと、天啓を得た気がした。

(救世主リヴィア様……いずれお迎えに上がります)

この日以来、クランの活動は徐々に健全化していき、ヒルカという金銭感覚を狂わせ効率的にメンバーから搾取《さくしゅ》するための独自通貨システムも廃止。

訪問販売は継続されたが、扱う商品は護符や壺《つぼ》ではなく、バッタとバスケットボールを持ったジャージ姿の銀髪美女のフィギュアになった。そのフィギュアは、クオリティの高さと物珍しさからやがて高額で取引されるようになるのだが――それはまた別の話。

探偵業の光と闇

10月24日　14時3分

昼下がり、鏑矢《かぶらや》探偵事務所。

惣助《そうすけ》とサラは、巨大なモンスターを狩るゲームの協力プレイで遊んでいた。

「おしっ、ダウンさせたぞ！」

「ようやった！　では妾《わらわ》が尻尾《しっぽ》に溜《た》め3を食らわせてくれようぞ」

惣助の攻撃で昏倒《こんとう》し隙《すき》だらけとなったモンスターの尻尾に、サラが強力な斬撃を放つ。

「よしっ！　尻尾斬れたぞよ！」

「ナイスだ。部位破壊も全部終わってるし、あとはやっつけるだけだな」

尻尾からアイテムを剝《は》ぎ取ったあと、逃げていった巨大モンスターを二人で追跡しながら、

「しかし、ファンタジーの住人がこんなドファンタジーなゲームで遊んでるってのも妙な感じだな」

惣助が言うと、サラは不思議そうに、

「そうかの？　こっちの世界の人間も銃でバンバン撃ち合うゲームとかやっとるじゃろ？」

「そう言われるとたしかに、それと同じようなもんなのか……？」

「そもそも妾の世界にも、こんな火とか吐いてくる怪物なんぞおらんかったしの」

「え、そうなのか？」

「うむ。こっちの世界とあっちの世界との違いは、人間が魔術を使えるか使えんかくらいじゃろう」

「十分すぎるくらい大きな違いだけどな」

とはいえ、モンスターも存在せず、文明レベルもこっちの世界とそこまで大きくかけ離れているわけでもなく、もちろんスキルやステータス画面も表示されないとなれば、サラのいた世界はライトノベルでよくあるようなＨＥＲＯを英雄ではなく勇者と訳す系ファンタジーではないのだろう。

ほどなく逃げたモンスターに追いついてトドメを刺し、クエストクリアとなった。

その後も小一時間ほどゲームを続けたあと、休憩に入る。

「今日の狩りも順調じゃの。そなたに追いつくのもそう遠くなかろう」

ルマンドを食べミルクココアを飲みながら、サラは機嫌よく言った。

「まだまだ先だろ。俺のプレイ時間二百時間超えてるからな」

薄いインスタントコーヒーを飲みながら惣助が言うと、

「二百時間て。いくらなんでもやりすぎじゃろ。ちょっと引くわ」

「こ、このシリーズで二百時間超えなんて全然珍しくねえよ。それにこれもれっきとした仕事の一環だからな」

「はー？」

まったく信用していない目で見てきたサラに、惣助《そうすけ》は真顔で説明する。

「探偵には話術だって重要だ。幅広い層の相手と円滑にコミュニケーションを取るためには、世間で流行《はや》ってるものは一通りかじっておく必要がある。ゲームだけじゃなくて、ドラマ漫画アニメ小説映画ユーチューブ、音楽スポーツ将棋に政治経済とかもな」

「なるほど、そういうことじゃったのか」

「ああ」

「そなたが日がな一日テレビをつけてボヘーっとゲームやら漫画やらに興じておったのが、れっきとした仕事じゃったとは、この妾《わらわ》の目をしても見抜けなんだわ。単に仕事がなくて暇しとるだけじゃと思っておった妾の不明を恥じるばかりじゃ。まことにすまぬ」

「お、おう」

真《ま》っ直《す》ぐに見つめて謝られ、惣助は気まずくて目を逸《そ》らした。

そんな惣助にサラは苦笑を浮かべ、

「狩りだけでなく、本業のほうも順調になるといいんじゃがのう」

「そうですね……」

惣助はがっくりと肩を落とす。

一週間ほど前に愛崎《あいさき》ブレンダの依頼を終わらせて以来、実は一件も仕事が来ていないのだ。

「毎日飛騨牛《ひだぎゅう》を食べられるようになる日は遠そうじゃの……」

「……そうですね」

毎日飛騨牛とまではいかないまでも、食生活は早々に向上させたい。一応、健康のため毎日野菜を食べるようになったのだが、野菜の値段も馬鹿にならないためモヤシ率が圧倒的に高くサラには不評である。

サラのご機嫌を取るために二日前、飛騨牛と偽《いつわ》ってチェーン店の牛丼を食べさせてみたところ、一口食べただけで「今度妾を謀《はか》ろうとしたら命はないものと思え」と真顔で言われた。元お姫様だけあって舌は本物らしい。なお牛丼は普通に美味《うま》そうに食べていた。

「そもそもそなた、事務所の宣伝はちゃんとやっておるのか？」

「宣伝？　一応ホームページはあるぞ」

「ほほう？」

惣助が答えると、サラはスマホで検索して、鏑矢《かぶらや》探偵事務所のホームページに飛んだ。

事務所の住所と電話番号とメールアドレス、依頼料の情報が載っているだけの、超シンプルなページである。

「な、なんじゃこれは！　そなたホームページをなめとんのか！」

愕然《がくぜん》としているサラに、惣助《そうすけ》は言い訳がましく、

「しょうがねえだろ。プロに頼む金もなかったし、自分でタグ手打ちで作ったんだから。それに必要最低限の情報が一つのページに載っててわかりやすいだろ?」

「たわけ。わかりやすいといえばわかりやすいが、うちに依頼しようか検討しておった人間が検索してこんなやる気のないサイトが出てきたら、見た瞬間にそっ閉じじゃわい。もはやないほうがマシなレベル」

「う……」

ファンタジー世界人にホームページをボロクソに言われ、惣助のプライドは傷ついたが、逆効果という見解には一理あると思ってしまった。

「まったく……見栄えのするページを作る技術がないなら、素直にインスタとかフェイスブックにしておけばよいものを」

「……お前俺よりネット使いこなしてない?」

「デジタルネイティブ世代じゃからな」

「年齢的にはそうかもしれんがお前は違うだろ」

得意げな顔をするサラに、惣助はツッコみ、

「インスタにフェイスブックね……ツイッターじゃ駄目なのか?」

「ツイッターは速報性に優れるが、伝えたい情報をピンポイントで知らせるには向かん。万一

バズって依頼が殺到したところで捌《さば》ききれるわけでもなし、ターゲットは自発的に『鏑矢《かぶらや》探偵事務所』と検索してやってきたお客さんに絞るのじゃ」

「詳しすぎてもはや怖い」

惣助は頬を引きつらせつつ、

「……わかったよ。とりあえずフェイスブックのアカウント作ってみる」

「うむ。アップする事務所の写真は、なるべく綺麗に見えるように撮るのじゃぞ。いっそ加工するのも手じゃ」

「へいへい」

と、そこで事務所のチャイムが鳴った。

「もしや依頼人かの?」

「来客の予定は入ってないが……」

とりあえず事務所のドアを開けると、立っていたのは惣助の知り合いだった。

年齢は二十代半ば、黒髪セミロングの清楚な雰囲気の美人。ネイビーのスーツを、ラフ過ぎない程度に着崩している。

「閨《ねや》……」

閨春花《はるか》――惣助が以前所属していた探偵事務所の後輩である。

「こんにちは、先輩。今お時間大丈夫ですか?」

閨《ねや》が小首を傾《かし》げ、柔らかく微笑《ほほえ》む。

「たまたま空いてるところだ」

淡々と惣助《そうすけ》が答えると、閨は「よかった。じゃあお邪魔《じゃま》しますね」と中に入ってきた。

「あら？」

リビングに入った閨が、ソファに座っているサラを見て不思議そうな顔をする。

「先輩、この子は？」

「ちょっと預かってる子だ」

「預かってるって……」

困惑の表情を浮かべる閨に、サラは立ち上がって自己紹介する。

「妾《わらわ》の名はサラ・オディン、十三歳じゃ。スウェーデン領オーランド島から来た留学生で、留学の目的は見聞を広めるため。あちらの高校を飛び級で卒業済みで、幼い頃から日本の文化に憧れ（略）」

「へー、それは大変でしたね」

サラのプロフィール（偽）を聞いて、閨は同情の色を浮かべた。

「なに、ここの生活も存外楽しい。ところでそなたは？」

「あ、わたしは閨春花《はるか》といいます。惣助先輩が前の事務所にいたときの後輩です」

閨がそう言いながらソファに座る。

「前の事務所？」

「草薙《くさなぎ》探偵事務所っていう、岐阜県で一番大きな探偵事務所です」

闇が答えると、サラは惣助に視線を向けた。

「そなた、そんな立派な事務所に勤めておったのか」

「……昔の話だ」

「昔っていうほど昔じゃないですけどね。三年も経《た》ってないですよね、先輩がうちを辞めて独立してから」

苦い顔をして言った惣助に、闇が微笑んだ。

「なにゆえ辞めてしまったのじゃ？」

「べつに、単なる気の迷いだ」

「事務所を辞めるときの先輩、かっこよかったですよ。『俺は、俺の思い描く理想の探偵になってやる！』って所長に宣言して」

「おお～、かっこいいのう！」

サラが冷やかすように笑い、惣助は羞恥《しゅうち》で顔が真っ赤になる。

「その話はマジでやめてくれ……。それより、今日は何の用だ」

「用がなければ先輩に会いに来ちゃ駄目ですか？」

どこか甘えるような口ぶりで言う闇に、惣助は冷ややかな目を向ける。

閨《ねや》は小さく苦笑し、

「本当に近くを通ったから寄っただけで、用事っていうほどのこともないんですけど。今日うちに来たお客さん、金額面で折り合いがつかなかったので先輩の事務所を紹介しておきました。連絡、まだ来てないですか？」

「来てないが……どんな依頼だ？」

「いじめの調査です。中学生の娘が学校でいじめに遭っているかもしれないから調査してほしいっていう、お母さんからの依頼です」

「なるほど」

いじめの調査は探偵のポピュラーな仕事の一つだ。

依頼人は被害者の親が多いが、被害者本人から証拠集めを頼まれたり、時には教師から調査を頼まれることもある。

「依頼が来るといいのう」

サラは言って、それから不思議そうに、

「しかしそなた、なにゆえ競合他社を利するような真似《まね》をするのじゃ？」

「そんなの、先輩に頑張ってもらいたいからに決まってるじゃないですか」

閨が意味ありげに惣助《そうすけ》をチラチラ見ながら答えた。

「問題にはならんのかの？」

「うちの所長も承知してますし、全然大丈夫ですよ」

「要は競合相手だと思われてねえってことだよ」

惣助《そうすけ》は苦々しい顔をする。

閨《ねや》が草薙《くさなぎ》探偵事務所で引き受けなかった依頼を惣助のところに持ってくるのは、これが初めてではない。

啖呵《たんか》を切って独立しておいて、飛び出した事務所からおこぼれで仕事を紹介してもらう――我ながら格好悪すぎる。

「所長だって先輩のこと応援してるんですって」

「……あの人に応援されると余計情けなくなる」

草薙探偵事務所の所長、草薙勲《いさお》――探偵としても経営者としても優秀なのは間違いないが、人間としては尊敬できない男だ。

「あ、所長といえば、この前警察に呼び出されたんですよ」

「え、何かあったのか?」

「とあるセクキャバが警察に摘発されて、そのときお店にいたんです」

「またかよ……。ほんとにしょうもねえな……」

呆《あき》れる惣助に、閨も苦笑する。

「一応仕事だったんですけどね。マルタイがそのセクキャバの常連で」

「仕事にかこつけて経費で風俗行ってるだけだろ」

「まあそうなんですけど、実際証拠写真はしっかり撮ってきてるんですよねー」

草薙は会社経営がメインで探偵としては一線を退いているが、風俗店や高級料亭に行く調査だけは自分でやりたがるのだ。おっぱいを揉《も》みながらこっそり写真を撮る技術に関しては自分が日本一だと豪語しており、実際すごいスキルではあるのだが、そういうゲスなところも好きになれない。

「のうのう、せくきゃばとは何じゃ？」

「ふふ、サラちゃんはまだ知らなくてもいい言葉ですよ」

サラの問いを、闇がやんわりといなした。まあ、サラはどうせあとからネットで検索するので無駄な気遣いなのだが。

「それじゃ先輩、わたしはそろそろ帰りますね」

「そうか」

ソファから立ち上がり、事務所を出て行く闇を、惣助とサラは玄関まで見送る。

「さよならサラちゃん。……先輩、今日はお話できてよかったです」

「お、おう」

惣助の目をまっすぐ見つめてどこか切なげに微笑《ほほえ》む闇に、不覚にもドキッとしてしまう。

「……のう惣助よ」

ドアが閉まってしばらくしたあと、サラが口を開いた。

「妾《わらわ》が思うに、閨《ねや》はそなたに気があるのではないか？」

「なんだ？」

「ねえよ」

即座に否定した惣助《そうすけ》に、サラは少し驚いた顔になり、

「いやいや、あの態度はどう考えてもありありのありじゃろ。端々から好きオーラが溢《あふ》れとったじゃろ。本気で気づかんかったなら、そなたラブコメの鈍感主人公ばりの鈍さじゃぞ？」

「だからほんとにそういうんじゃねえんだって」

惣助がなおも否定すると、サラは眉間にしわを寄せ、

「むーん、まがりなりにも探偵たるそなたがここまで鈍感なわけもなし、ハハーンこれはアレかの。今の心地よい関係が壊れるのを恐れて、好意に気づいていながらも気づかないフリをしておるパティーンじゃな？　気持ちはわからんでもないが妾そういう小賢しいの嫌い」

「俺が学生の頃ちょっと流行《はや》ってたラノベにそういう展開あったな……」

そういえばあの作品の舞台は岐阜がモデルだったような気がする。どうでもいいことを思い出しつつ、惣助は声のトーンを落とし、

「妙な勘違いをさせたままにしておくのもアレだからぶっちゃけるけど、閨のあれは全部演技なんだよ」

「にゃぬ？」

「あいつは常に『もしかしたら自分に気があるのかもしれない清楚な美人』を自覚的に演じてるんだ。ほとんどの男はそういうの大好きだからな」

「その気もない相手に、なにゆえそんな芝居を？」

首を傾《かし》げるサラに、惣助は嘆息し、

「練習。……あいつは草薙《くさなぎ》探偵事務所最強の別れさせ工作員なんだよ」

「別れさせ工作、とはなんじゃ？」

子供に聞かせていい内容か少し迷ったが、教えなかったらどうせ自分で調べるので話すことにする。

「文字どおり、恋人や夫婦を別れさせる工作をすることだよ。基本的には片方……あるいは両方を誘惑して、浮気させて破局させる」

「そんなことをして誰に得があるのじゃ？」

「依頼人は配偶者と不倫相手を別れさせたいってケースが多い。あとは子供の付き合ってる相手が気に入らないとか、離婚したいけど相手に落ち度がないとか、カップルの片方に横恋慕してるとか、対立してる相手をスキャンダルで追い落としたいとか」

「不倫をやめさせる工作はともかく、他のは罪がないなら罪を作ればよいという感じで気分がよくないのう」

「ああ……俺もそう思うよ」

眉をひそめるサラに、惣助《そうすけ》は頷《うなず》いた。

「そなたも別れさせ工作をやっておるのか?」

「俺はやらねえよ」

惣助は吐き捨てるように言う。

「世の中の探偵事務所には、違法スレスレのことをやってるところもあるんだが、別れさせ工作はその代表例だ」

「たしかに『探偵業の業務の適正化に関する法律』第六条に『人の生活の平穏を害する等個人の権利利益を侵害することがないようにしなければならない』とあるからのう」

「……もしかして探偵業法全部暗記してるのか?」

驚いてサラの顔をまじまじ見つめて訊《たず》ねると、

「探偵をやるのじゃから当然じゃろ?」

なんでもない顔で言うサラに、「そ、そうだな」と言葉を濁す。

惣助も二〇〇七年に施行された『探偵業の業務の適正化に関する法律』通称『探偵業法』の内容は当然頭に入っているが、条文を一字一句丸暗記まではしていない。

「ともあれ、閨《ねや》が見かけによらずやべーやつということはわかった。しかしそのことで問題になったりはせんのかの?」

「草薙《くさなぎ》探偵事務所は政財界との繋《つな》がりが深くて顧問に腕のいい弁護士もついてるから、少々の違法行為は簡単にもみ消せる。そもそも被害者自身が、ハニートラップに引っかかったなんてことを他人に知られたくなくて泣き寝入りするケースも多いしな」

「やりたい放題というわけじゃな。……もしやそなたが前の事務所を辞めたのは、それが理由なんかの？」

サラの問いに、惣助は苦々しい顔で頷く。

「……まあそんな感じだ。金になるなら罪もない人を不幸にする仕事でもやるって事務所の方針が、どうしても受け容《い》れられなかった」

（ちょっと正直に喋《しゃべ》りすぎたか……？）

青臭い理想を求めて勢い任せに草薙探偵事務所を辞めたことを、今では少し後悔している。現実は甘くなくて、理想だけでは食っていけないことを嫌というほど思い知った。

そんな惣助に、

「えらい！　見直した！」

サラは晴れやかな笑顔を向けた。

「やはり正義の名探偵たるもの、世のため人のために働かねばのう！」

そのシンプルな言葉に、自分の心が軽くなるのを感じる惣助。

青臭い理想だとわかっていても、それでも自分は、正義の探偵になりたいのだ。

「そうだな。お前の言うとおりだ」

惣助《そうすけ》は小さく呟《つぶや》き、パソコンを立ち上げる。

理想の自分に近づくために、まずはフェイスブックの登録から始めるとしよう。

10月25日　7時23分

閨《ねや》が言っていた人物から連絡があったのは、その日の夜遅くのことだった。

まずは話を聞くことになり、翌日の朝、依頼人が事務所を訪れた。

名前は永縄真美《ながなわまみ》。

少しやつれた印象がある、三十代半ばくらいのスーツ姿の女性である。

「改めまして、探偵の鏑矢《かぶらや》です」

彼女の対面に座って惣助が挨拶《あいさつ》し、

「粗茶じゃが」

サラが麦茶の入ったコップを永縄の前に置き、惣助の隣に腰掛ける。

「あの、この子は……？」

訝《いぶか》しげな顔をする永縄に、

「助手のようなものです」

「助手ではない。相棒じゃ」

サラの言葉に、永縄はますます困惑の色を強めた。

惣助は曖昧《あいまい》に笑って話を進める。

「それより、ご依頼はイジメの調査ということでしたね？　詳しい話をお聞かせ願えますか。まずは娘さんの名前、学校、学年」

「は、はい」

戸惑いがちにサラをチラチラ見ながら、永縄は惣助からの質問に答えた。

娘の名前は永縄友奈《ゆな》。私立中学の一年生らしい。

「なるほど……私立ですか」

手帖《てちょう》にメモを取りながら惣助は呟く。

友奈が通っている中学は、県内でも有数の私立進学校である。

あくまで全体的な傾向の話だが、私立中学のほうが公立よりもイジメの発生率は格段に低い。似たような家庭環境、学力、価値観を持つ生徒が集まりやすいのに加え、公立校と違って問題のある生徒は容赦《ようしゃ》なく退学させられることもあるからだ。

とはいえ私立なら絶対にイジメと無縁でいられるかといえばそうではなく、進学が最優先の学校ではイジメを未然に防ぐための対策が疎《おろそ》かになりがちで、いざイジメが発生した際の対応力も公立校と比べて低いことが多い——あくまで全体的な傾向の話だが。

「娘さんがイジメに遭っていると疑う理由はなんですか？」

「……学校の制服や靴を、自分で洗濯するようになったんです。しかもしょっちゅう」

「たしかに普通、そう頻繁《ひんぱん》には洗わないですね」

「はい。うちでは二週間に一度、土曜か日曜に洗濯していたんですが、三ヶ月くらい前でしょうか、夜に私が仕事から帰ってくると部屋に制服が干してあったんです。そのときは、ちょっと汚してしまったから自分で洗ったと言っていたんですが……それからもたびたびそういうことがあって」

「……どうして汚れたのか娘さんに訊《たず》ねましたか？」

「はい。転んだとかペンキがついたとか言っていましたが……本当だとは思えません」

永縄《ながなわ》の言葉に、惣助《そうすけ》も内心で同意する。

「他になにか気付いたことはありますか？」

「教科書が水で濡《ぬ》らしたみたいにふやけていたのを見ました。そのときも、雨で濡らしてしまったと言っていましたが……」

「なるほど……。ちなみに娘さんに直接イジメられているのか訊《き》いたりはしましたか？」

「はい。でもどれだけ訊いても、そんなことはないと頑《かたく》なに否定するんです……」

（まあ、そうだよな……）

本人から直接聞き出せなかったから探偵に依頼しているのだ。

「学校以外の場所でトラブルに巻き込まれている可能性はないですか？　たとえば塾とか」

するとと永縄はどこか申し訳なさそうな顔で、

「塾は行ってませんし部活などにも入ってません。それに、私が家に帰るのがいつも八時くらいなので、洗濯物の取り込みや夕食の支度《したく》は友奈《ゆな》が全部やってくれていて、多分、放課後に友達と遊んだりする時間もないと思います……」

「なるほど……。では、このことを学校に相談されたりは？」

「しました。一週間くらい前、娘の担任の先生に、娘には内緒で」

「先生はなんと？」

「調査してみますと言われて、その二日後に、うちの学校にいじめはありませんでしたご安心くださいという答えが……」

（二日……。これ絶対真面目に調べてねえな）

惣助は憤《いきどお》りを覚えつつ、それを表に出さないよう淡々と話す。

「私の見解では、仰《おっしゃ》るとおり娘さんがイジメに遭っている可能性は高いと思われます。……永縄さん。一度私に、娘さんと直接会って話をさせてもらえませんか？」

「え？」

驚いた顔をする永縄に、

「親が直接子供に『学校でいじめられているのか?』と訊《き》いたところで、ほとんどの子供は否定しますが、第三者になら本当のことを話してくれる可能性があります。それに永縄《ながなわ》さんの本当の望みは、娘さんがいじめられているかどうかを知ることではなく、『いじめられていた場合、それを解決したい』ということですよね?」

「は、はい、それはもちろん、解決できるのなら」

惣助《そうすけ》の言葉に、永縄はコクコクと頷《うなず》いた。

「イジメをやめさせるのに一番手っ取り早くて確実な方法は、イジメの確たる証拠を手に入れた上で弁護士に依頼して、相手の家に内容証明郵便を送ってもらうことです。弁護士から内容証明郵便が届いたら、大抵の人はビビッて子供にイジメをやめさせるでしょう。ですが、学校の中で行われているイジメの証拠を手に入れるには、本人の協力が不可欠なんです」

「娘に気付かれないように調べることはできないんですか?」

「探偵というのは警察のように一般人以上の捜査権を持っているわけではありませんから、許可なく学校に侵入したら捕まってしまいます。学校でイジメがあるかどうかだけなら、学校の外で生徒に聞き込みをして調べることはできるかもしれませんが、証言以上の証拠を手に入れるのは不可能です」

「そんな……それじゃあ探偵に頼む意味なんて……」

失意の声を漏《も》らす永縄に、惣助は急ぎフォローを入れる。

「特別な権限こそありませんが、探偵には証拠を集めるためのノウハウや、そのための機材がありますのです。娘さんが動いてくれることになったら、もちろん私も全力でサポートします。ですのでどうか、会わせてくれませんか」

惣助の言葉に、永縄はしばらく逡巡《しゅんじゅん》の色を浮かべたのち、「……わかりました。娘をよろしくお願いします」と頷いた。

翌日の十七時──友奈《ゆな》が家に帰っているであろう時間──に訪問する約束をして、これから出勤するという永縄を惣助とサラは玄関先まで見送る。

「のう、一つ訊いてよいかの？」

「え？」

サラに声を掛けられ、永縄が少し驚いた顔をする。

「草薙《くさなぎ》探偵事務所でうちを紹介されてからうちに電話をするまで、随分《ずいぶん》と時間がかかったのはなにゆえじゃ？」

「え、それは……」

永縄は困った顔でちらりと惣助を見たあと、

「すぐにご連絡しようと思ったんですが、スマホでお宅のことを検索したらホームページが出てきて、その……」

「あまりにもアレなページじゃから不安になって別の探偵事務所にあたったものの、そこでも料金面で折り合いがつかずに仕方なくうちに来た、といったところかの？」

図星だったらしく、永縄《ながなわ》は驚愕《きょうがく》の表情を浮かべた。

「ほれー」

ドヤ顔を向けてくるサラから、惣助《そうすけ》はそっと目を逸《そ》らすのだった。

１０月２６日　１７時０分

翌日、惣助は約束の時間に依頼人、永縄真美《まみ》の家を訪れた。

鏑矢《かぶらや》探偵事務所から徒歩で十五分程度の場所にある、築二十年ほどの五階建てマンションで、エントランスにオートロックドアはない。

惣助の格好はジャケット＆スラックスにビジネスバッグというデフォルトの仕事姿。

当然のようにサラも一緒に来ている。「同い年とはいえメンタルファンタジーのお前と違って相手は普通の中学生だ。くれぐれも不用意なことは言わないようにな」と言い含めてはあるものの、正直不安だ。

部屋の前まで行ってインターホンを鳴らすと、永縄真美が扉を開けて姿を現した。今日は会社を早退してきたという。

「お邪魔《じゃま》します」「お邪魔するぞよ」

「友奈《ゆな》は奥の部屋にいます」

靴を脱ぎ家に上がった惣助とサラを、永縄が案内する。

この家の間取りは1LDKで、リビング・ダイニングキッチンの奥に一つ部屋がある。親子共同の私室&寝室なのだろう。

（広さと築年数と駅からの距離を考えると……家賃は五万弱ってとこかな）

はっきりとは聞いていないが、恐らくこの家は母子家庭で、あまり裕福でもない。

私立中学に通う生徒は比較的裕福な家庭の子供が多いので、イジメの原因はそのあたりにあるのかもしれない。

「友奈、開けるわよ」

永縄が部屋のドアを開く。

「申し訳ありませんが、永縄さんは席を外してください」

「……わかりました」

惣助の言葉に、永縄は逡巡《しゅんじゅん》の色を浮かべつつも従った。

「え、な、なによアンタたち。ちょっとお母さん！」

部屋に入ってきた惣助とサラに、学習机に向かっていた少女——永縄友奈が椅子から立ち上がって怯《おび》えの色を浮かべた。

「怖がらなくても大丈夫です。私はお母さんに雇われた探偵で、鏑矢惣助《かぶらやそうすけ》といいます」

「サラ・オディンじゃ」

「……はぁ？　探偵？　見えない」

惣助を胡散臭《うさんくさ》そうな目で睨《にら》む友奈《ゆな》。

黒髪黒目、つり目がちで気の強そうな印象を受ける。サラと同い年らしいが、顔つきも体つきもサラより少し大人びている。

「現実の探偵は、探偵だとわかるような格好はしないんですよ」

惣助は柔らかい口調で言った。

「そういうもんなの……？」

友奈は呟《つぶや》き、今度はサラに視線を向ける。

「そっちの子はなんなの？」

「妾《わらわ》は惣助の相棒じゃ」

サラが答えると友奈は疑わしげに目を細め、

「子供のくせに？」

「妾はそなたと同じ十三歳じゃ。それに妾はすでに海外の高校を卒業しておる」

「え、マジで？　飛び級ってやつ？」

「うむ」

鷹揚《おうよう》に頷《うなず》くサラに、惣助は「ここまで堂々と嘘をつけるのもある意味すげえな……」と呆《あき》れ半分感心半分に思った。

「まあいいや……。で、探偵が何の用なのよ」

椅子に座り直して友奈が訊《たず》ねてきた。

「私たちは、友奈さんが学校でイジメを受けていると聞いて、それを解決する手助けをするために来ました」

するると友奈は舌打ちし、

「まあそうだろうと思ったけど。でもアタシ、ほんとにいじめられてなんかないから」

「たびたび服や靴を汚されて帰ってくるのは？」

「転んだり寄り道したら汚れちゃっただけ」

「……教科書、随分《ずいぶん》ボロボロですね」

目を細め、机の上の教科書に視線を向ける惣助に、友奈は動揺を浮かべつつも「あ、雨で濡《ぬ》れただけだし」と言い張った。

予想通りではあるが、そう簡単に本当のことを話してはくれなさそうだ。

（それなら……）

まずは雑談で友奈と打ち解けることから始めるべく、惣助は室内に視線を彷徨《さまよ》わせ、話の取っ掛かりになりそうなネタを探す。

部屋の広さは八畳ほど。

家具はベッドが二つに友奈《ゆな》の学習机、そして背の高い本棚が三つ。

俳優とかアーティストのポスターや、キャラクターのぬいぐるみでも飾ってあればわかりやすいのだが、そういうのは一切ない。

……となれば、狙いは本棚だ。

母親と共同で使っているのであろう三つの本棚には、漫画、小説、図鑑、雑誌など多くの本が並んでいる。どれが友奈のものなのかはわからないが、漫画なら彼女も読んでいるだろう。

本棚にある漫画から、どの作品をチョイスするか考える。

できればメジャーな作品ではなく、語り合う相手が少なそうな作品のほうが望ましい。とはいえ惣助《そうすけ》は、近年の話題作は一通りチェックしているものの、そこまで漫画に詳しいわけでもなく、この本棚にある作品も半分以上知らない。

メジャーな作品でもコナンや金田一《きんだいち》なら自分の仕事に絡めて話せるのだが、残念ながら漫画にも小説にも探偵モノは見当たらない。

惣助が考えを巡らせていると、

「ふぉほっ!?」

突如《とつじょ》サラが本棚を見ながら奇声を上げた。

「な、なに?」と友奈が驚く。

「蒼天航路《そうてんこうろ》が全巻揃《そろ》っとるではないか！」

目を輝かせてサラが本棚に駆け寄る。

「おいサラ、なにを興奮してんだ」

「蒼天航路！　ずっと読みたいと思っておったのじゃ！」

「……有名な漫画なのか？」

惣助の言葉に、サラはクワッと目を見開き、

「なんで日本人のくせに蒼天航路を知らんのじゃたわけ！　質問箱とか掲示板でオススメの三国志漫画を訊《き》いたら横山《よこやま》三国志と並んで真っ先に名前が挙がる名作じゃぞ！」

「そ、そうなのか……」

三国志はゲームの無双シリーズをちょっと遊んだことがあるくらいなので、あまりピンと来なかった。

「……アンタ、三国志好きなの？」

友奈がサラに訊《たず》ねてきた。

「うむ！」

サラは頷《うなず》き、

「じゃが図書館には漫画は横山三国志しか置いてなくて困っておったのじゃ」

「ふーん……。誰推し？」

「諸葛孔明《しょかつこうめい》！」

元気に即答するサラに、友奈《ゆな》は「孔明ね……ふーん……」とどこか小馬鹿にするような顔をした。

「ハハーン、その顔さては、妾《わらわ》のことを有名どころしか知らんにわかじゃと思っとるな？」

「違うの？」

「こう見えて妾、三国志好きが陥りがちな『孔明って演義で過剰に持ち上げられとるだけで実際はそんな大したことなくない？』からの、さらに当時の中国の人口分布とかいろいろ調べておるうちに『実は孔明、演義より史実のほうがやばいのでは？』というルートを通った上での孔明ガチ勢じゃぞ」

「ふーん……やるじゃん」

惣助《そうすけ》にはさっぱりわからない会話だったが、どうやらサラは友奈に認められたらしい。

「でも孔明かー……。蒼天の孔明、変態よ？」

友奈の言葉にサラは、

「噂には聞いておる。じゃが変態の孔明というのもそれはそれで見たい……。ちなみにそなたは誰推しなんじゃ？」

「最近は……董白《とうはく》かな」

「……誰じゃそれ？」

「董卓《とうたく》の孫」

「うーむ、知らん……妾、割と地味な人物も覚えとるつもりなんじゃが……」

「演義には出てこなくて董卓伝の注にちょっと書いてあるだけだけど、無双でプレイアブル化したし、最近董白が主役の小説も出てる」

「なにゆえそんなフレーバーテキストのようなキャラを主役に……？　日本人の想像力たくまし過ぎん？」

「それはあたしも思う」

「じゃろじゃろ。しかしそなた、相当な三国志ヲタのようじゃな」

サラの言葉に友奈は少し頬を赤らめ、

「べ、べつにオタクじゃないし……お父さんが三国志好きで昔から色々見てただけ。蒼天航《そうてんこう》路《ろ》もお父さんのだし、ドラマとか人形劇のＤＶＤも集めてたし」

「それは素晴らしい父君じゃな」

「死んじゃったけどね」

表情を曇らせながら友奈が淡々と言うと、

「おお、奇遇じゃな。妾の父上もちょうど二月ほど前に死んだばかりじゃよ」

こちらは本当に何でもなさそうな調子でサラは言った。

「え、マジで？」

「うむ」

「二ヶ月前って……もう平気なの？」

「ほとんど顔を合わせたこともなかったからの。妾《わらわ》自身が大変な状況じゃったし、のんびり父上を悼《いた》んでおる場合ではなかった」

「そ、そうなんだ……」

サラのあまりにあっけらかんとした物言いに、友奈《ゆな》は戸惑いを浮かべた。

「まあなんやかんやで妾は今この国で楽しくやっておるんじゃが、そなたは最近なんか大変なんじゃろ？」

「べ、べつにあたしだって普通だし」

顔をしかめる友奈にサラは、

「実はそもそも妾、この国のイジメというのが何なのかイマイチわかっておらんのじゃが」

「はあ？」

「ここに来る前にネットでざっと調べてみたんじゃが、どうも要領を得んかった。暴力や犯罪とどう違うんじゃ？　妾もかつては兄上や姉上によくいじめられたもんじゃが、それと同じようなものなんかの？」

サラの言葉に、友奈はムキになって言う。

「た、ただの兄弟げんかなんかと一緒にしないでよ！　イジメっていうのはもっと汚くて……陰湿で……」

「ほむ……やはり食事に毒を盛られたり暗殺者を送り込まれたりするのは、この国で言うイジメではないようじゃな」

「ど、毒？　暗殺者？　アンタ三国時代から来たの？」

さらりとヘビーな過去を匂わせるサラに友奈が顔を引きつらせ、惣助《そうすけ》は慌てて口を挟む。

「ま、まあこの世界にはそういう物騒な国もあるってことですよ」

「そうなんだ……」

友奈はサラに同情的な眼差《まなざ》しを向けた。

「ところで、さっきの君の物言いだと、兄弟げんかじゃないイジメには心当たりがあるみたいですね？」

惣助が指摘すると、友奈は唇を尖《とが》らせ、それから声のトーンを落とし、

「……お母さんには言わないでよ」

「わかりました」「うむ」

惣助とサラが頷《うなず》くと、友奈は憂鬱《ゆううつ》そうな表情を浮かべながら、

「たしかにあたしは学校でいじめられてるわよ」

静かにそう告白したあと、友奈は訥々《とつとつ》と、さらに詳しい話を始めた。

友奈が学校で受けているイジメは、水をかけられたり制服や教科書を汚されたり、机に落書

きをされたり、無視されたりといった、ありふれた嫌がらせである。勿論《もちろん》ありふれているからといって、やられる側にとってはたまったものではないが。

「お金を取られたりとか、直接的な暴力を振るわれたりはしてないですか?」

「そういうのはないけど」

「なるほど……。ではこれ以上エスカレートする前に、早急に手を打ちましょう」

「余計なことしなくていい!」

友奈《ゆな》は強い口調で言い放った。

「あたしがスルーしてれば、アイツらだってそのうち飽きるかもしれないし……」

「さては大ごとにしたくない事情があるんじゃな?」

サラがそう言うと、友奈は動揺の色を浮かべた。

「べ、べつに……そんなんじゃないし」

「お母さんに迷惑がかかるのを恐れている、とか」

惣助《そうすけ》の言葉に、友奈はぎょっと目を開く。

「当たりですか」

「……」

友奈はしばし無言で惣助を睨《にら》み、やがて小さくため息をつくと、事情を話し始めた。

友奈の話によれば、イジメの主犯格は、友奈の母、真美《まみ》が勤めている会社の社長の娘らしい。

友奈が私立中学に入学して間もなく、父親が不慮の事故で亡くなり、専業主婦だった真美は働き口を探すことになった。

そこへ手を差し伸べたのが、友奈のクラスメートの母親である。彼女は社長である自分の夫に頼み、真美を正社員として雇わせた。

しかし、親が真美の恩人かつ雇用主であることを笠《かさ》に着て、件《くだん》のイジメ加害者は友奈に対して横柄に接するようになった。最初は係の仕事や掃除を代わりにやらされ、やがてストレス解消のためのイジメへと発展し今に至る。

「あたしがアイツらにやり返したり、先生にチクったりしたらお母さんが困る。だから我慢するしかないの」

今にも泣き出しそうなか細い声で友奈が言うと――、

「バカッ！」

そう叫んで部屋に入ってきたのは、友奈の母、永縄《ながなわ》真美だった。

彼女が扉越しに聞き耳を立てていることに惣助は気付いていたのだが、あえて聞かせていた。

「お、お母さん……」

ばつが悪そうな友奈に、母親は目に涙を浮かべて言う。

「まったくあんたは変な気を遣って……。お母さんの仕事のことなんて気にしなくていいわ。もしあんたがやり返したことで会社をクビになったら、不当解雇だって裁判してやるから。青木《あおき》さんには助けてもらった恩があるけど、それでも友奈《ゆな》のほうがずっと大事に決まってるんだからね」

「……ほんとに？」

友奈も泣きながら母に訊《たず》ねる。

「本当よ」

「……わかった。じゃあ明日アイツら全員ボコる」

「ええ、ボコボコにしてやんなさい。倍返しよ」

「うん！」

「ちょ、ちょっと待った！」

意外と血の気が多かった親子の会話に、惣助《そうすけ》は慌てて割って入る。

「暴力を振るうと、逆に友奈さんのほうが悪いことになってしまうかもしれません。やり返すなら合法的な手段でいきませんか」

「えー、合法的とかめんどくさい。ボコってスッキリしたい」

（どんだけボコりたいんだよ！）

心の中で叫びつつも、惣助はやんわりと笑みを浮かべ、

「友奈さん、探偵用の秘密道具とか使ってみたくありませんか？」

「なんじゃそれめっちゃ使いたい！」

即答したのはサラだった。

「お前じゃねえ」と惣助はツッコむ。

「秘密道具……ってなに？」

どうやら友奈も興味を惹《ひ》かれたようだ。

惣助はビジネスバッグの中から一本のボールペンを取り出し、

「これがその秘密道具の一つです」

「ただのボールペンじゃない」

露骨《ろこつ》にがっかりする友奈の前で、惣助は自分のスマホを操作し「スマホの画面を見てください」とスマホを渡す。

「……？」

「なんじゃなんじゃ？」

惣助がボールペンを水平に持って、一緒にスマホを見始めた友奈とサラのほうに向けると、

「え！」「おお!?」

スマホの画面には、現在の友奈とサラの姿が映っている。「え！」「おお!?」という二人の声も、スマホのスピーカーからほぼ同時に流れた。

「このボールペンのキャップにはカメラが内蔵されていて、録音録画したり、映像をスマホにリアルタイムで転送することができます」

「ちょっと見せるのじゃ」

サラが惣助《そうすけ》からボールペンを奪い取り、キャップをまじまじと見つめる。

「うーん？　カメラはどこじゃ？」

友奈《ゆな》の持っているスマホからも「うーん？　カメラはどこじゃ？」という声が流れる。

「あ、いま顔映った！」

友奈がサラに伝えると、

「おおっ!?　たしかに小さい穴が開いておる！」

サラは発見したカメラを友奈のほうに向けた。

「あっ！　あたし映った！」

サラが再び友奈に近寄ってスマホを見ながら、部屋のあちこちにカメラを向ける。

「おー、ほー。こんなちっこいのに映像も鮮明じゃのう」

「まあな」

近年の録音録画機器の小型化&高性能化は凄《すさ》まじく、探偵にとって大きな助けとなっている。……一方で、それを悪用する輩《やから》も増えているという問題もあるのだが。

「あたしにも貸して！」

「うむ、ここがカメラじゃ」

友奈がサラからペンを受け取り、同じようにあちこちにカメラを向けて遊び始めた。

「ペン本体はただのペンだから、キャップを外して設置することもできるし、ピンマイクみたいに服に留めて使うこともできるぞ」

「へー……こんなのどこに売ってるの？」

感心した顔で呟《つぶや》いた友奈に、

「超小型カメラは市販品ですが、ボールペンに改造したのは私です。ボタンや靴に組み込むこともできますよ」

「器用なもんじゃのー。しかしこんなすごいもの、なにゆえ普段から使っとらんかったんじゃ？」

サラに訊《たず》ねられ、

「こいつも十分高画質だが、それでも最新のスマホのほうがカメラの性能はいいからな。バッテリーの持ちも悪いし。……あと、めちゃくちゃ高いから壊れるのが怖い」

「……で、コレを使ってあたしは何をすればいいの？」

友奈がカメラで遊ぶのをやめて訊ねてきた。

「イジメの証拠を撮ってきてください。加害者たちが机に落書きをしているところや、友奈さんに水をかけている映像を」

「ふーん……面白そうじゃない」

友奈は不敵な笑みを浮かべた。

「それと撮影の際には、できれば加害者の名前を呼ぶようにしてください」

「えっと……『やめてよ青木《あおき》さん！』みたいな感じ？」

「そうです」

「上手《うま》く自然にできるかな……。でもわかった。やってみる」

「頑張るのじゃぞ」

サラが言って、友奈《ゆな》は「うん」と笑って頷《うなず》いた。

それから惣助《そうすけ》は、友奈にカメラの使い方や撮影のコツをレクチャーする。

撮影していることがバレては大変だし、壊されると金銭的に非常に痛いので、たっぷり時間をかけて丁寧に教え込んだ。

友奈が惣助に教わっている間、サラは蒼天航路《そうてんこうろ》を読んでいた。

１０月２７日　１７時２４分

翌日。

同じ時間に惣助とサラが永縄《ながなわ》家を訪れると、友奈は「バッチリ撮れたよ！」と笑顔でスマホに転送した録画映像を見せてきた。

机の中にカメラを仕掛けて撮った動画には複数の女子が笑いながら椅子に落書きする様子が鮮明に映っており、次の動画では友奈がトイレに連れ込まれ水をかけられる様子が収められていた。

惣助の指示通り、「冷たい！　やめて青木さん！」といった台詞《せりふ》もしっかり入っている。その悲鳴はとても演技には聞こえず、友奈は本当に辛《つら》かったのだと察せられた。

「ありがとうございます。これで証拠は十分です」

「よく頑張ったのう」

「べ、べつにこれくらい楽勝だし」

夕奈は頬を赤らめてそう言ったあと、ほっと救われたようにはにかんだ。

それからさっそく惣助はその場で知り合いの弁護士——愛崎《あいさき》ブレンダに電話をかけ、内容証明の作成を頼みたいと伝えた。彼女は『ワタシはアナタと違っていつでも暇というわけではないのだけれど』などと言いつつ、すぐに会ってくれることになった。

永縄親子と一緒に愛崎弁護士事務所へ向かい、今日友奈が撮影したイジメの証拠映像と、これまでに受けたイジメの記録を渡す。友奈はいずれやり返す日が来たときのために、何月何日に何をされたかということを日記に書いていたのだ。

明日にでも内容証明郵便を加害者宅に送ってもらえることになり、惣助たちは弁護士事務所をあとにする。

永縄《ながなわ》親子をマンションまで送って報酬《ほうしゅう》——証拠を入手したのは友奈《ゆな》ということで、金額は非常に少ない——を受け取り、今回の仕事は終了となった。

「本当にありがとうございました」

深々と頭を下げる真美《まみ》に見送られ、惣助《そうすけ》とサラは部屋を出る。

と、

「ねえ！　えっと、サラ、さん」

呼び止める友奈に、「呼び捨てでよい」とサラ。

友奈は少し頬を赤らめ、

「じゃ、じゃあ、サラ」

「うむ。なんじゃ友奈」

「……そ、蒼天航路《そうてんこうろ》、よかったら貸すけど」

「まことか！」

目を見開くサラに、友奈ははにかみ、

「ちょっと待ってて。持ってくる」

「九巻から頼むぞよ！」

「わかった！」

そう答えて、友奈は奥の部屋へと駆けていった。

１０月２７日　１９時３４分

「ふんふふ〜ん♪」

探偵事務所に帰ってくると、サラは鼻歌を歌いながら、さっそく紙袋から友奈に借りた漫画を取り出し、読み始めた。

「ご機嫌だな」

夕飯の準備をしながら惣助が言うと、

「そう言うそなたも、さっきからずっと上機嫌ではないか」

「俺が？」

「うむ。車に乗っとるときも、ときどきにやけておったぞ」

「マジか」

自分では気づいていなかったので、少し恥ずかしくなる惣助。

それからぽつりと、

「……本当は、イジメなんて起きないに越したことはないし、起きたとしても学校や家庭でさっさと解決して、探偵や弁護士の出番なんてないほうがいいんだけどな」

「それでも、そなたのおかげで友奈《ゆな》と母君は救われたのじゃ。素直に喜ぶがよい」

「ま、そうだな。そうしておくか」

サラの言葉に頷《うなず》き、惣助《そうすけ》は笑みを漏《も》らした。

と、そこで、

「妾《わらわ》、学校に行ってみたいのう」

唐突にサラが言った。

「……今回の仕事で学校行きたくなる要素あったか？」

むしろ学校に対して忌避感《きひかん》を抱いてもおかしくないと思うのだが。

するとサラはどこか寂しげに笑って、

「そらイジメとかは勘弁じゃが。妾、同年代の者と交流したことがほとんどないからのう」

「元の世界には学校ってなかったのか？」

「庶民の通う学校はあったんじゃが、皇族や貴族はそれぞれの家で教師を雇うのが普通だったのじゃ」

「あー、なるほど」

（学校かー……）

惣助が見るに、サラの知能は十三歳という年齢を抜きにしても極めて高く、（たまにファンタジーな言動が顔を出すものの）社交性も問題ない。

それでもやはり、同年代の子供たちとの交流には、本やネット、惣助たち大人との関わりだけでは得られないものがあるだろう。

（戸籍もない異世界人が学校に通える方法……ちょっと調べてみるか）

惣助はそんなことを思い——自分がすっかりサラの保護者のような感覚に陥っていることに気づいたのだった。

CHARACTERS

SALAD BOWL
OF
ECCENTRICS

NAME
はるか

ジョブ:探偵
アライメント:中立／混沌

STATUS

体力:	79
筋力:	62
知力:	81
精神力:	72
魔力:	0
敏捷性:	79
器用さ:	78
魅力:	92
運:	70
コミュ力:	93

CHARACTER

SALAD BOWL
OF
ECCENTRICS

ゆな NAME

ジョブ:中学生
アライメント:中立/中庸

STATUS

体力:	54
筋力:	56
知力:	48
精神力:	63
魔力:	0
敏捷性:	62
器用さ:	67
魅力:	64
運:	28
コミュ力:	25

ハロウィン IN 岐阜

10月29日 13時22分

十月三十一日はハロウィンである。

元々は古代ケルト人の祭りだったのが、時を経てアメリカを中心に宗教色の薄い民間行事として定着した。

アメリカでは主に、カボチャの中身をくりぬいてジャック・オ・ランタンを作って飾ったり、お化けや怪物の仮装をした子供たちが家々を訪ね歩き、「ごちそうをくれないといたずらするぞ《トリックオアトリート》」と言ってお菓子などをもらう（もしくは本当にイタズラをする）。

日本では、お菓子会社のハロウィン展開やＳＮＳの影響によって近年急速に広まり、子供だけでなく大人がコスプレをして集まって騒ぐという独自の様相を呈している。

そしてここ岐阜の街でも、ハロウィンを利用した地域活性化が試みられていた。

「ハロウィン？」

「うむ」

サラが惣助《そうすけ》のもとに「よからぬ企《くわだ》てを見つけてしまったやもしれぬ」と深刻な顔でそのチラ

シを持ってきたのは、ハロウィン二日前のことだった。

チラシの内容は商店街のハロウィンイベントの案内で、十月三十一日、中学生以下の子供が仮装して商店街にあるイベント協賛店に入店すると、お菓子や商品が貰《もら》えるのだという。スタンプラリーも実施され、スタンプを全部集めると商品券も貰える。

「何も買わずとも入店するだけで物が貰えるとはいかにも怪しい。何か裏があるに違いないぞよ。警察に通報すべきじゃろう」

「深読みしすぎだ。単に子供に商店街に馴染《なじ》みを持ってもらうための企画だろ。プレゼントったって駄菓子とか売れ残り商品だろうし、来たついでに買い物してくれる客もいるだろうから、店側もそんなに損するわけでもない」

「なるほど……つまり事件性はないわけじゃな。ならばこのハロウィンとかいう催《もよお》し、参加しない手はあるまい」

「まあ、行きたいなら行けばいいんじゃね。ようやくケッタにも乗れるようになったしな」

惣助の言葉に、サラは少し頬を赤らめた。

サラがスケボーに挫折《ざせつ》して自転車を購入し、一週間以上が経《た》っている。

初日はまったく乗れず、スケボーと同じく「これは人間が乗れるように作られておらん」と諦《あきら》めてしまい、数日間放置していたのだが、友達になった永縄友奈《ながなわゆな》に「中学生で自転車乗れない人なんているんだ」と驚かれたため、一昨日昨日と猛練習に励み、ついに乗れるようになった。

せっかく買った自転車が無駄にならなかったのはいいが、丸二日練習に付き合わされた惣助《そうすけ》は現在、足と腕が筋肉痛である。

「ではさっそくコスプレ衣装を用意するのじゃ」

赤面を誤魔化《ごまか》すようにすまし顔を作って言うサラ。

「衣装なんてお前が異世界から着てきたやつでよくないか？　コスプレ感あるし」

「たわけ、あれは妾《わらわ》の一張羅《いっちょうら》じゃ。コスプレと一緒にするでないわ」

「そうかよ。じゃあどうする？　ドンキで適当に買ってくるか？」

「買うとなると恐らく、イベントで貰《もら》える菓子や賞品の総額よりも高くつく。それでは本末転倒じゃ」

「商店街のイベントにそこまでガチなのはお前くらいだよ……」

「そなた、裁縫はできんのか？　手先器用じゃろ？」

「ボタン付けくらいはできるけど服なんて作ったことねえよ。うちにはミシンもないしな」

「うーむ……ではシーツをかぶってお化けのコスプレと言い張るか、段ボールをかぶって箱ガンダムになるしかないかのう……」

「なりふり構わなすぎだろ」

真剣に検討しているサラに惣助はツッコみ、

「らいてうでコスプレ衣装の貸し出しやってるから、使っていいか訊《き》いてみるか」

「おお！　それはよい考えじゃ！」

ちなみに『らいてう』とはこのビルの一階のカラオケ喫茶である。

惣助とサラはさっそくらいてうに向かい、コスプレ衣装を貸してもらえないか頼んだ。

「サラちゃんがコスプレするの!?　いいよいいよ！　好きなの持ってって！」

喫茶店で働く女子大生が二つ返事で快諾し、二人は衣装部屋に通された。親子でコスプレしてカラオケが楽しめるよう、子供用のサイズも揃《そろ》っている。

サラは衣装を真剣な顔で見比べながら、

「……ティラノサウルスにするかサメにするかカマキリにするか迷うのう……エヴァンゲリオンも捨てがたい……」

「なんで候補が着ぐるみ系ばっかなんだよ。普通に魔女とかメイドでいいだろ」

「む。たしかに商品を集めながら歩くことを考えると、あまり動きにくい衣装はアレじゃな」

「べつにそういう意味で言ったんじゃないんだが……まあいいや」

いろいろ試着した末にサラが選んだのは、魔女衣装の黒いとんがり帽子に、吸血鬼衣装の裏地が赤色の黒マントという組み合わせだった。

「ほむ。これで槍《やり》があれば完全に信長《のぶなが》様なんじゃが」

「たしかに信長もそんな感じのマントつけてるけど、とんがり帽子と槍はどっから出てきた」

鏡を見て呟《つぶや》いたサラに惣助《そうすけ》がツッコむと、サラは「なに、こっちの話じゃ」と誤魔化《ごまか》し、

「それより、惣助はどれを着るのじゃ？」

「は？　なんで俺まで」

「だって一人でコスプレして街を歩くなど恥ずかしいじゃろ」

「お前ファンタジーファッションで普通に出歩いてただろ……」

そこで惣助は微苦笑を浮かべ、

「まあ当日は俺もコスプレで付き合ってやるから安心しろ。ここにある衣装じゃないけどな」

「……？」

惣助の言葉に、サラは不思議そうな顔をした。

１０月３１日　１４時３６分

ハロウィン当日。

惣助とサラは、昼過ぎに商店街へと向かい、ハロウィンイベントに協賛している店を訪れて回った。

サラの格好は喫茶店で借りたコスプレ衣装。

惣助の格好は、インバネスコートにハンチング帽――厳密にはコスプレというわけではないのだが、フィクションの中で探偵の典型的な衣装として描かれ続けたため、結果的に探偵のコスプレになっている。内ポケットにはシャーロック・ホームズが吸っているようなパイプのオモチャも入っている。

昔の事務所に入ったばかりの頃にノリで買ってみたものの、こんな「自分は探偵です」とアピールしているような格好で現実の探偵の仕事ができるわけもなく、着る機会はほとんどなかった。

惣助の予想したとおり、入店して貰《もら》える菓子や商品は、基本的には駄菓子や安い文房具などだったが、ぬいぐるみやお高めの和菓子など、本当にタダでもらっていいのかと思うようなものもあった。

協賛店を半分ほど廻《まわ》ったところで大きな紙袋がいっぱいになったので、いったんＪＲ岐阜駅の駐車場に駐《と》めてある車に戻って荷物を置き、おやつに五平餅《ごへいもち》をテイクアウトして駅前の広場で食べる。

この駅前広場には、岐阜駅名物、金の信長《のぶなが》像が立っている。

八メートルの台座の上に立つ、全身金ピカで高さ三メートルもある巨大な織田《おだ》信長像。

南蛮胴具足《なんばんどうぐそく》にマント、手には火縄銃という、割とオーソドックスなイメージの信長像なのだが、その大きさと黄金の耀《かがや》きによって見る者に強烈なインパクトを与えてくる。

「惣助《そうすけ》惣助、記念にゴールデン信長《のぶなが》様と一緒に写真を撮るのじゃ」

五平餅《ごへいもち》を食べ終えたサラがスマホを手に言った。

「べつにいいけど」

惣助はベンチから立ち上がり、信長像から少し離れたところでサラと並ぶ。台座を含めて十一メートルという高さなので、近いと像が入りきらないのだ。

「惣助、しゃがむのじゃ。そしてもっと近うよれ」

「おう」

惣助が指示に従うと、
自分と惣助の顔、金の信長像を画面に収め、サラが変顔をしながらスマホのシャッターボタンを押した。

「ウェーイ」

撮った写真を満足そうに眺め、

「うむうむ。ハロウィンでコスしてウェイる。これで妾《わらわ》も立派なパリピじゃな！」

「ウェイるってなんだよ」

苦笑を浮かべて惣助はツッコみ、そしてぽつりと、

「なあサラ。お前の元いた異世界って……日本じゃね？」

するとサラは動きを止め、

スロー
ビデオ
写真
ポートレート
スクエア

「……ククク、面白い想像じゃな惣助《そうすけ》よ。そなたは探偵より、小説家にでもなったほうがよいのではないか？」

「なんで言動が探偵に追い詰められた真犯人なんだよ」

惣助は呆《あき》れ顔を浮かべ、

「で、そういう真似《まね》をするってことは、やっぱり合ってるんだな？」

「うむ、合っとる」

サラはあっさり頷《うなず》いたのち、

「合っとるんじゃが、こういうときはどうやってその答えに行き着いたかをちゃんと説明するのが、探偵の流儀というもんじゃろう」

「それはたしかに」

惣助は納得し、小説の名探偵よろしく自分の推理を開陳する。

「根拠はいろいろあるが、一番はやっぱり言葉だな」

「ほう」

「……異世界人のお前やリヴィアさんと問題なく会話できるのは、翻訳魔術のおかげって話だったよな。でも俺の見る限り、お前の使う魔術ってのは、こっちの世界の科学でも再現可能な、もしくは将来的に実現できる可能性がありそうな、れっきとした物理現象ばかりだった。爆発、衝撃波はもちろん、空飛ぶ乗り物の小型化は進んでるし、傷の回復を早める研究や、光を屈折させて周りから見えなくする技術の研究も進んでるらしい。でも翻訳魔術だけは……

なんつーか根本的に技術のノリが違うんだよな」

「そうかの？　こっちの世界でも、異なる言語を瞬時に翻訳する技術は実用化されとるはずじゃが？」

「機械で翻訳できるのはあらかじめインプットされてる言語だけだ。それでも完璧な翻訳にはほど遠いってのに、まったく未知の異世界の言語を、ニュアンスまで完璧に、瞬時に訳すなんて、今の自動翻訳技術の延長線上にあるとは思えない。漫画かなんかで周囲の会話から言葉を学習するなんて技術を見たことあるけど、あの夜、俺の上に落ちてきた瞬間から言葉が通じてたからそれもない。相手の思念的なものを読み取ってる可能性も考えたが、お前テレビ普通に見てたし、文字だって最初から読めてたしな」

「クッ……もはや言い逃れは不可能なようじゃな……！」

悔しげに呻《うめ》くサラに、惣助はジト目で、

「ぶっちゃけそんな知られて困るような秘密でもねえだろコレ。そもそも隠す気すらなかったんじゃないか？」

「まあ本気で隠すつもりならもっと上手《うま》くやるからのう。探偵が自分の推理を披露《ひろう》するという現実では滅多にないシーンなんじゃから、ちょっとは雰囲気出しとこうと思ったのじゃ」

「お気遣いどうも」

サラは悪戯《いたずら》っぽく笑い、

「そなたの推理どおり、妾《わらわ》の話しておるのは日本語……厳密にはオフィム帝国公用語の妾バージョンじゃ。この国の言語とまったく同じではないので知らん単語や言い回しも多いが、幸いにして文脈から推測すれば大体なんとかなるレベルの違いに留まっておる」

「オフィム帝国ってのと日本は、いわゆるパラレルワールド、みたいな認識でいいのか？」

「うむ。こっちの地図を見てすぐに気づいたんじゃが、妾のおった世界は、こっちとは異なる歴史を辿《たど》った地球なのじゃ。平行世界、ＭＣＵ風に言うとマルチヴァース。そして妾の国の歴史とこっちの日本の歴史を決定的に分岐させたのが、こちらの織田信長《おだのぶなが》様——妾の世界におけるオフィム帝国初代皇帝、信長・ダ・オディン様なのじゃ」

「……へー」

金の信長像に向かって手を伸ばし、サラは言った。

「反応が薄いのう」

「正直、信長なら別の世界で何やってても不思議じゃないみたいなところはある」

「こっちの世界の信長様、天下統一失敗しとるくせになんでそんな人気あるんじゃ？　織田信長で検索して美少女の絵がいっぱい出てきたときは流石《さすが》の妾もおったまげじゃったわい。信長様を女体化するなんぞ帝国では考えられんかった」

「天下統一間近でいきなり暗殺されたってのが逆に人気を高めてるんじゃねえかな。最強の奴が最後までストレート勝ちするより、どんでん返しがあったほうが話としては面白いだろ」

「おっ、なろう系批判かや？」

「そういう意味で申し上げたのではない」

惣助《そうすけ》は政治家のように答弁し、

「じゃあそっちの信長は本能寺《ほんのうじ》で死なずに天下統一できたんだな」

「うむ。魔法の門《ポルタギア》と呼ばれし国より魔術の奥義《おうぎ》を得た信長様は、まさに大魔王じゃったとい う。天下統一を成し遂《と》げたのも信長様個人の火力によるところが大きい。たとえばこっちの世界で信長様最大の窮地とされておる金ケ崎《かねがさき》の戦いってあるじゃろ」

「信長が同盟してた浅井《あざい》家に裏切られて挟み撃ちになったやつだっけか」

「左様《さよう》。それあっちの世界じゃと、前方の朝倉《あさくら》軍に魔術ドーン、後方から迫ってきた浅井軍にもう一発ドーンで仕舞い」

「ひどい」

「まあ流石に大きく誇張はされとるんじゃろうがの。あっちの信長様の伝記、途中から合戦が開幕イオナズンぶっぱ敵軍全滅ばっかになって正直つまらんので、妾は三国志とか平家物語のほうが好きじゃった」

「いつの間に三国志なんてクソ長い話を読んだんだと思ってたが、元の世界で読んでたのか」

「そういうことじゃ」

「お前の世界だと、本能寺《ほんのうじ》の変とかはどうだったんだ？」

「一撃で城を吹っ飛ばすような大魔王相手に謀反《むほん》なんぞ起こすわけなかろ。明智《あけち》も松永《まつなが》も荒木《あらき》も皆最後まで忠実な家臣じゃった」

「そりゃそうなるか……」

「天下布武を成し遂げた信長《のぶなが》様は帝より禅譲《ぜんじょう》を受け、新たな皇帝となった。そして国号をポルタギア風にオフィムと改め、自らを北欧神話の主神にして大魔術王、オディンの化身と称するようになったのじゃ」

「なるほどなー……」

サラの世界の歴史を聞いて、惣助《そうすけ》は金の信長像を見上げた。こっちの世界でも日本屈指の偉人だが、もっと凄《すご》い信長もいたらしい。

「さて、ちと雑談をしすぎたようじゃ。そろそろ商店街に戻るぞよ。なんとしてもスタンプを全部回収して商品券をゲットするのじゃ」

故郷の歴史を商店街のスタンプラリーより優先度の低い雑談だと言い切ったサラに惣助は苦笑し、

「そういやハロウィンって、先祖の霊が子孫のところにやってくる日らしいぞ。自分の子孫が商店街のスタンプラリーに夢中になってるのを見たら、大魔王も嘆くんじゃないか？」

「かかっ、心配はいらん。信長様の御霊《みたま》とて異世界までは追ってこんじゃろ」

サラはふてぶてしく笑い、

「それにご先祖様はご先祖様。妾《わらわ》は妾じゃ。妾はこの世界で楽しく生きていくぞよ」

ヘビーな過去と盛りすぎなくらいの特別性を背負いながら、それをものともせずに、まるで普通の子供のように今を全力で楽しんでいるサラを、惣助はとても眩《まぶ》しく感じた。

彼女の未来にどんなことが待ち構えているのか、一介の貧乏探偵に過ぎない惣助に見通すことはできない。

それでも。許される限りは、一緒に歩いていきたい。

惣助はそう思った。


信長の　住まいし頃が　全盛期——

そんなパッとしない街に、これまたパッとしない一人の探偵がいる。

その他にも、ロリータ弁護士や、ホームレス女騎士や、セクキャバ嬢や、血の気の多い中学生や、宗教家や、ハニートラップの達人や、大魔王信長の血を引く天才的魔術の使い手であり頭脳明晰《ずのうめいせき》眉目秀麗《びもくしゅうれい》才気《さいき》煥発《かんぱつ》運動音痴な探偵志望の異世界の皇女とかもいる。勿論《もちろん》それ以外にも色々いる。

彼らは互いの物語に影響を与え合いながらも、混ざり合うことなく自分の物語を紡いでいく。

岐阜県岐阜市――ここはさながら、変人のサラダボウル。

パッとしない街で繰り広げられる、変わり者たちの狂騒曲は、まだ幕を開けたばかりだ。


（終わり）

あとがき

本作タイトルの『変人のサラダボウル』は、多種多様な民族が混在して暮らしているアメリカのような社会を表す「人種のサラダボウル」という言葉をもじったものです。かつては「人種のるつぼ」という言葉が使われていましたが、最近では「るつぼ（金属を混ぜて溶かす容器）」のように多くの文化が溶け合って一つの独特な文化を形成しているのではなく、それぞれの文化が並立共存している「サラダボウル」のような状態であると言われることが多くなりました。

ところで本作の舞台となっている岐阜県は、（たぶん国際企業トヨタ自動車のベッドタウンであることが要因で）人口における外国人比率が東京愛知大阪に続く全国第四位、国際結婚の割合は第三位となっています。私の地元にも昔から外国の人がたくさん住んでいて、その中に、毎日夕方に近所をジョギングしているイケメンのおじさんがいました。小学生の頃の私は「金髪の外国人＝アメリカ人＝英語がペラペラ」という短絡的思考から、その人のことを勝手に「エーゴペラペラ」と呼んでおり、彼が走っているのを見かけると家の窓から「エーゴペラペラー！」と呼びかけていました。そんな私に対してエーゴペラペラは気さくに「ハーイ！」と手を振り返してくれたのですが、あるときを境にぱったりと見かけなくなりました。あとで親から聞いた話では、母国の**ポルトガル**に帰ってしまったそうです。ジョギング中によくわからんことを叫んでくる日本人のアホガキに対してエーゴペラペラ改めポルトガルゴペラペラが本当はどう思っていたのか、今となっては知る由もありません。岐阜の街を元気に動き回る二人の異世界人の姿を執筆しながら、ふとそんな幼い日々のことを思い出したのでした。

現在の岐阜県は当時よりさらに多くの外国人が居住するようになり、ますますサラダボウル化が進んでいると言えるでしょう。その中にはもしかしたら本当に、サラやリヴィアのように異世界からやってきた人がいるかもしれません。そんな想像を膨らませながらお届けした、変わり者たちの群像喜劇、『変人のサラダボウル』でした。楽しんでいただけましたら幸いです。

以下、謝辞です。

『妹さえいればいい。』に引き続き素晴らしいイラストで物語を彩ってくださったカントク先生をはじめ、担当の岩浅《いわあさ》さん、デザイナーさん、校正者さん、原稿をチェックしていただいた弁護士の先生、応援コメントを寄稿してくださったクリエイターの皆様、織田信長《おだのぶなが》公、その他、本書の出版に関わったすべての方々に、心より感謝を申し上げます。

綺羅星のごとき素晴らしい才能がギュッと詰まったこの本は、いわば才能のるつぼ。無数の作品の中からこの小説を選び、読んでくださったあなたもまた、素晴らしい才能の持ち主であると思います。今後とも『変サラ』を何卒よろしくお願いいたします。

２０２１年９月中旬　平坂読《ひらさかよみ》

■宣伝

この本が書店に並ぶ数日前（10月14日）に、『妹さえいればいい。』と同じ世界を舞台にした日常系ガールズラブコメ『〆切前には百合《ゆり》が捗《はかど》る』の2巻がソフトバンクGA文庫から発売されております。そちらも大変面白い作品ですのでぜひ読んでみてください。ストーリーの繋《つな》がりはほぼないので『妹さえ』未読の方でもまったく問題ありません。ちなみにこの本にも『妹さえ』のキャラとよく似た人物が登場していますが、似ているだけの別人であり、『変サラ』と『妹さえ』の世界に繋がりは一切ありません。共通しているのは、どちらもとても面白いということだけです。

あとがき

イラスト担当のカントクです。ここまで読んで頂きありがとうございます。ついに平坂先生の新作はじまりましたね！

今回も個性的なキャラクターばかりで、今後の人間模様がどうなるのか、とても楽しみです。サラがお気に入り。

今作のキャラデザは思っていたよりすんなり進みました。こういう時期なのでリモートで打ち合わせをしたんですが、画面共有でその場で直せてスムーズです。思わぬ恩恵。

カバー背景の写真は僕が撮りました。それも時期的に日帰り弾丸ロケ。今度ゆっくり岐阜を見たいなぁ。

その時は先生、案内よろしくお願いします。

そんな伊月を見守る
完璧超人の弟・千尋には
ある重大な秘密があった──。
平坂読が放つ
青春ラブコメの最新型、
堂々開幕！
妹さえいればいい。

妹さえ初のコンプリート画集!!!

妹さえいればいい。
カントクART WORKS
【全裸×透明カバー】仕様
最終14巻まで“すべて”の
カラーイラストを収録
アニメ、グッズ、作中作etc……
単行本未収録イラストを網羅
キャラがイラストを振り返る!?
平坂読書き下ろしの
キャラクターコメンタリー付き
【平坂読×カントク】
至高のクリエイター同士による
初対談を掲載
妹さえいればいい。カントクART WORKS
KANTOKU
IMOTO SAE IREBA II.
ART
WORKS
好評発売中!!!
著／カントク
GAGAGA文庫
©平坂読／小学館「ガガガ文庫」刊　イラスト：カントク

美人小説家と家出少女の日常系百合ラブコメ!

家出少女の白川愛結《しらかわあゆ》は、従姉妹の白川京《みやこ》の紹介で、人気作家、海老《かいろう》ヒカリの世話係&監視役のバイトをすることになる。原稿をサボってゲームをしたり釣りや旅行に出かけるヒカリに翻弄されながらも、そんな日常に幸せを感じる愛結。一方ヒカリも、突然始まった愛結との同居生活の中で、これまで感じたことのない気持ちが芽生えるのだった。

社会から排斥された少女と、容姿才能家柄すべてに恵まれながらも自堕落に生きる小説家、二人の関係の行き着く先は……?

〆切前には百合が捗《はかど》る

平坂読 Yomi Hirasaka

イラスト U35

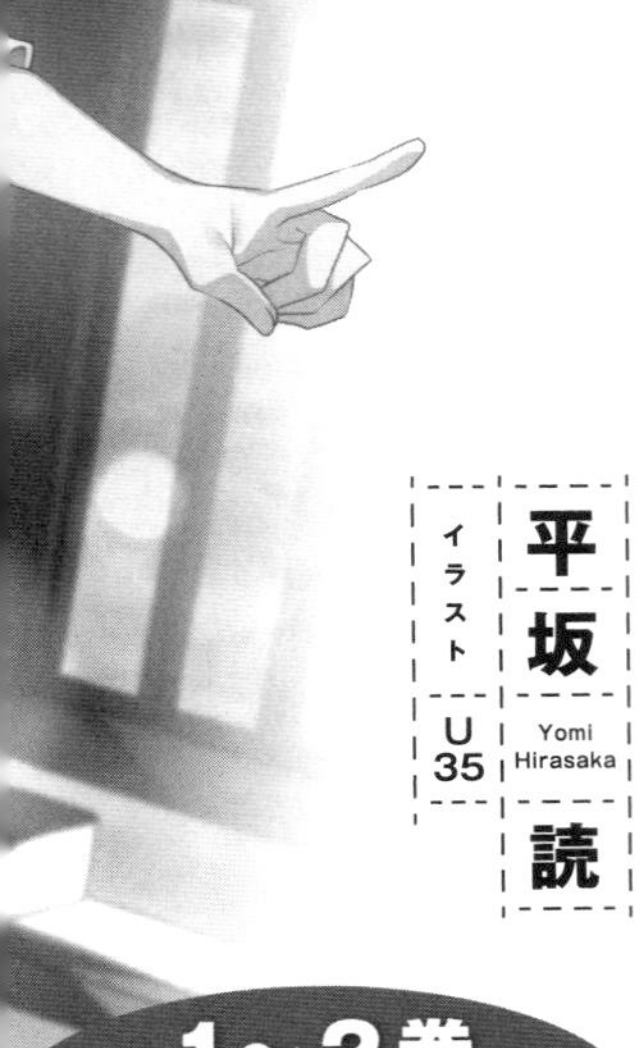

1〜2巻 好評発売中!

GA文庫
〝普通〟に生きにくいすべての人に贈る、
珠玉の日常系ガールズラブコメディ！

GAGAGA

ガガガ文庫

変人のサラダボウル

平坂 読

発行　2021年10月24日　初版第1刷発行
　　　2024年 4 月20日　　第3刷発行

発行人　鳥光 裕

編集人　星野博規

編集　岩浅健太郎

発行所　株式会社小学館
〒101-8001 東京都千代田区一ツ橋2-3-1
[編集]03-3230-9343 [販売]03-5281-3556

カバー印刷　株式会社美松堂

印刷・製本　図書印刷株式会社

Printed in Japan ISBN978-4-09-453038-4